Renier-Frédu
Schwarzba
Abenteuergeschichten aus 1000
und 1 schwarzen Nacht

Band 3

Renier-Fréduman Mundil

Schwarzbart & Mikado
Abenteuergeschichten aus 1000 und 1 schwarzen Nacht

Band 3

Illustriert von Ugne Esther N'kaya

Impressum
Bibliografische Information der Deutschen Nationalbibliothek:
Die Deutsche Nationalbibliothek verzeichnet diese
Publikation in der Deutschen Nationalbibliografie;
detaillierte bibliografische Daten sind im Internet über
http://dnb.dnb.de abrufbar.

© 2024 Renier-Fréduman Mundil
  Viola Hartmann
Covergestaltung Dan Winkler
Illustrationen Ugne Esther N'kaya

Verlag: BoD · Books on Demand GmbH, In de Tarpen 42,
22848 Norderstedt
Druck: Libri Plureos GmbH, Friedensallee 273,
22763 Hamburg

ISBN: 978-3-7693-0824-2

Für Celestine

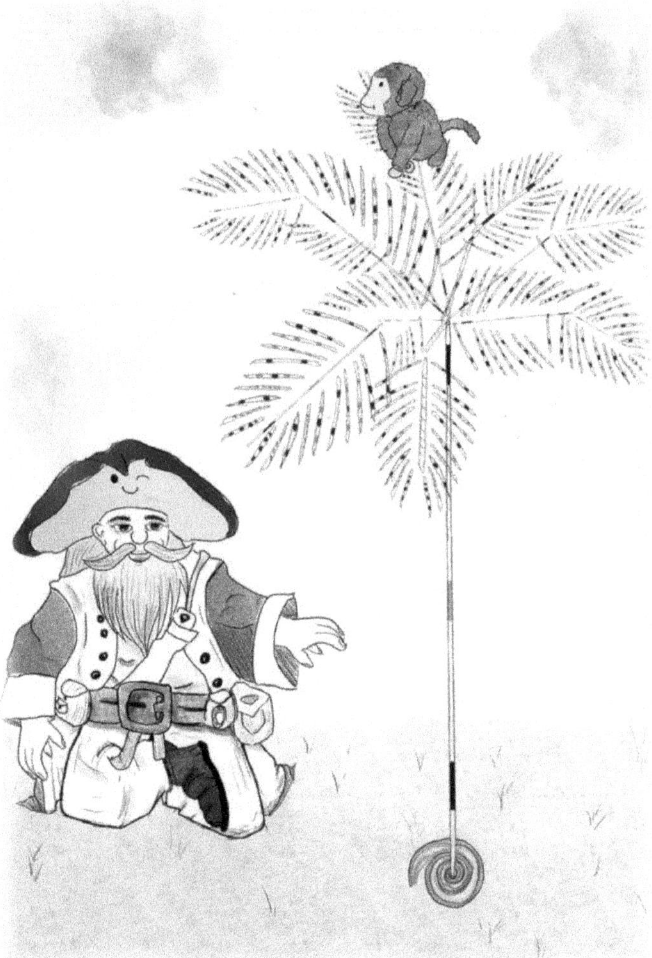

Einleitung oder erste Geschichte?

Vor einem Monat habe ich zwei seltsame Briefe bekommen. Einen Brief von der Vereinigung der Bäume und einen Brief von der Gewerkschaft der Kugelschreiber, weil meine Einleitungen in den Büchern immer viel zu lang seien. Aber immerhin habe ich es noch nicht geschafft, eine Einleitung zu schreiben, die länger als das eigentliche Buch ist. Das kann nur bedeuten, dass meine Einleitungen noch immer zu kurz oder die Bücher noch immer zu lang sind.

Aber die Bäume haben mir gedroht, wenn ich mich nicht kürzer fasse, dass mir künftig jedes Mal bei einem Spaziergang ein Blatt auf den Kopf fällt, auf dem entweder hundert Spinnen sitzen oder ein Blatt, auf dem vorher ein Vogel mit Bauchgrimmen gesessen hat. Und die Kugelschreiber damit, dass sonst alle meine 16 Enkelkinder mit einem Kugelschreiber an jedem Finger und einem Kugelschreiber an jeder Zehe meine Arme und Beine mit Graffiti anmalen. Sind Sie schon einmal von 320 Kugelschreibern gleichzeitig angemalt worden? Obwohl, vielleicht könnte ich mich nachher als Kunstwerk verkaufen? Auweia, die Einleitung.

Diese Geschichten stammen aus einer Zeit, als die Nacht noch gut war, also aus der Gute-Nacht-Zeit oder als man unter Bettgeschichten noch etwas anderes verstand als heute und die ich deshalb mal am-Bett Geschichten oder vor-Bett Geschichten nennen will. Davon gab es unendlich viele, viele sind in den Köpfen der Zuhörer verschwunden, viele einfach in der dunklen Nacht oder in unsichtbaren Löchern, die es besonders abends überall in der Luft gibt, weil wir Menschen so viel Luft rausgeatmet haben und die Bäume die Löcher nachts erst wieder zustopfen müssen, sonst würden nicht nur Geschichten, sondern ganze Menschen oder mit der Zeit lange Busse in diesen Löchern verschwinden. Einige schlafen noch irgendwo auf gekringelten Bändern, die mit Buchstabenkleber bestrichen sind und alle Wörter festhalten, die man in ihrer Nähe spricht. Und einige sind hiermit jetzt auf Papier angekettet, in den abgeschlossenen Käfig eines Buches eingesperrt worden und hoffen, von dort in Augen, Ohren und Köpfen fliehen zu können.
Ich liebe Musik und ich liebe besonders die Musik von Brahms. Er sieht nämlich wie ein Zwillingsbruder von Schwarzbart aus. Wenn ich ihn treffe, muss ich ihn das mal fragen. Und außerdem war der Klavierlehrer von meinem

Klavierlehrer ein Schüler von Brahms. Mein Klavierlehrer hieß Hansen, über ihn könnte ich unglaubliche Geschichten erzählen, dagegen ist Schwarzbart vielleicht gar nichts. Sein Name kommt hoch vom Norden, wo das Meer immer hin- und her- schwappt, manchmal so viel wegschwappt, dass es leer ist und sich alle fragen, „Watt is denn jetzt los" und manchmal so viel herschwappt, dass alles überläuft, jeder bis zum Knie nasse Füße bekommt und auch wieder fragt, „Watt is denn nu schon wieder los?" Und der Lehrer von meinem Klavierlehrer war ein Schüler von Brahms und Brahms kam auch vom Norden, wo das Meer hin- und herschwappt. Das ist kein Seemannsgarn, höchstens Meeresgarn. Ich brauche nur vier Schritte auf dem Klavier zu laufen und lande bei Brahms. Aber wer läuft schon auf einem Klavier? Höchstens die Finger. Die können nicht sprechen, nur schreiben. Leider haben sie mir noch nie geschrieben, ob sie beim Laufen über dem Klavier Brahms getroffen haben. Aber sie haben mir mal geschrieben, dass das ganze Gequatsche von schwarz und weiß, schwarzen Fingern, weißen Fingern, schwarzen Tasten, weißen Tasten, blöder, blöder, blöder Blödsinn ist, also Blödsinn hoch drei, weil bei schwarzen Fingern genauso schöne Töne auf einem Klavier herauskommen wie bei weißen

Fingern, wenn sie übers Klavier laufen, und die Musik am schönsten klingt, wenn die schwarzen Tasten mit den weißen zusammen bunt spielen.
Und der Zwilling von Schwarzbart, also Brahms, hat auch Musik für ein großes Orchester geschrieben. Ein Orchester sieht vielleicht komisch aus. Ein dicker Kontrabass, eine Geige als superschlankes Modell, ein Fagott als brummender Bär, eine Oboe als quakende Ente. Aber keiner lacht über den Anderen, sie lachen alle zusammen über alles Mögliche, nur nicht über den Anderen. Lachen nicht, weil der Andere anders aussieht, weil jeder gelernt hat, es macht am meisten Spaß, wenn man zusammen Krach macht und dazu braucht es eben auch jeden, egal, wie er aussieht, Hauptsache, er kann Krach machen.
Oh je, jetzt bin ich im Meer der Töne und nicht im Meer der Wassertropfen gelandet. Macht nichts, da wir gerade am Quatschen waren. Bei Brahms hat mich immer geärgert, dass er eine Menge aufgeschriebener Ideen in den Papierkorb geschmissen hat, weil sie ihm nicht gefallen haben. Diesen Papierkorb hätte ich gern. Leider ist er schon geleert worden, weil es nur fleißige Müllmänner gibt, die jeden Papierkorb spätestens nach einer Woche leeren. Wenn bereits früher der Müll verbrannt wurde,

sind die vielen Noten und Ideen aus Brahms Papierkorb aus dem Müllbrennschornstein in die Luft geflogen und fliegen jetzt um unsere Köpfe, leider ohne, dass wir es merken. Und leider sind von Schwarzbart auch viele Geschichten im Papierkorb der Abendluft verschwunden. Das aber ärgert wohl nur mich. So habe ich wenigstens etwas mit Brahms gemeinsam.

Übrigens, in einem Punkt bin ich sogar besser als Brahms. Für seine erste Sinfonie soll er von der ersten Idee bis zum Ende, hat er selbst gesagt, 21 Jahre gebraucht haben. Meine Schwarzbart-Geschichten sind über 40 Jahre alt geworden, bevor sie von der Idee endlich auf dem Papier gelandet sind. Das hat Brahms zum Glück nicht geschafft.

Auweia, es wird bald Ärger geben mit der Vereinigung der Bäume und der Gewerkschaft der Kugelschreiber, wenn ich nicht endlich aufhöre. Aber wie komme ich von der Musik, von Brahms, zurück zu einem alten Kapitän, der über unzählige Wassertropfen fährt und jeden einzelnen Wassertropfen mit Namen kennt?

Da muss mir noch so ein cooler Typ wie Brahms helfen. Er heißt Mendelssohn und der hat ein Stück geschrieben: „Meeresstille und glückliche Überfahrt". Dazu hat er sich ein Gedicht vom Fürsten der Wörter, von Goethe, abgeguckt.

Leider ist wegen der anderen Buchstaben hier kein Platz mehr, das Gedicht aufzuschreiben. Aber wer dieses Gedicht liest und dann mit geschlossenen Augen die „Meeresstille und glückliche Überfahrt" von Mendelssohn hört, kann sogar den Wind sehen und kann hören, wie salzige Lufttropfen auf seinem Kopf tanzen. Und kann damit ein bisschen verstehen, wie sich der alte Schwarzbart auf seinen vielen Abenteuerreisen gefühlt hat. Und Mikado? Ach ja, der Affe, der hat Glück gehabt, zu ihm kann ich hier kein Quatschseemannsgarn mehr schreiben, wegen der Bäume und der Kugelschreiber und wegen vielem anderen mehr. Aber das ist wieder eine andere Geschichte, eine andere Einleitung, davon später, vielleicht, vielleicht ein anderes Mal, aber nur vielleicht.

Denn aus der Ferne sehe ich bereits die ersten Töne anfliegen und tatsächlich, an jedem Ton hängt ein Tropfen aus dem riesigen Meer. Ach, was rede ich. Jeder Ton ist ein Meerestropfen. Endlich verstehe ich, warum Noten, Töne aussehen, wie sie aussehen, wie Wassertropfen, zumindest die gesungenen, sie sind einmal durch die Spucke des Mundes geflogen, bevor sie durch die Luft in unser Ohr gelangen. Auweia, ich mache jetzt besser wirklich Schluss… Denn wer hat schon gerne Spucke im Ohr?

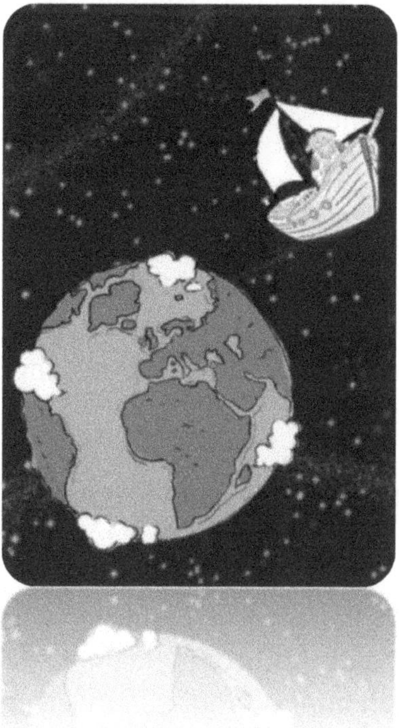

1
Die Perlenliebe

Sie kennen mein zweites Abenteuer noch nicht?
Mikado sah den alten Kapitän verständnislos an. Sie kannten sich erst wenige Tage, wie sollte er bereits von allen Abenteuern wissen?
Nein, erwiderte der Affe kurz, wie sollte ich auch.
Gut, räusperte sich Schwarzbart, ich möchte Sie noch etwas anderes fragen.
Mikado betrachtete Schwarzbart. Um seinen Hüften trug er einen breiten Gurt mit einer alten Pistole.
Schießen Sie los, ich meine mit Ihrer Frage, nicht mit dem Revolver.
Keine Sorge, sie dient nur der Tarnung. Sagen Sie, waren Sie schon einmal verliebt?
Ich, verliebt?, Mikado kicherte, jeden Tag bin ich verliebt.
Sie glücklicher, unterbrach Schwarzbart, er war, zumindest gefühlt, 105 Jahre alt, da existiert das Verliebtsein nur noch auf einer weit entfernten Insel in der Vergangenheit.
Jeden Tag, Sie sind zu beneiden. Darf ich fragen, in wen?
Sie dürfen, entgegnete Mikado. In Bananen. Man sagt doch, wenn man jemanden liebt: Ich habe dich

zum Fressen gern. Und Bananen habe ich jeden Tag zum Fressen gern.

Nun veralbern Sie mich aber, entrüstete sich Schwarzbart, ich meine, so richtig verliebt, in ein Affenmädchen?

Sie meinen, wenn man stundenlang nebeneinandersitzt, auf einer Wiese, sich die Wolken oder eine Blume ansieht und keiner von beiden weiß, was er sagen soll?

Ja, bestätigte Schwarzbart, oder wenn man vor einem Schrank steht, sich für ein Rendezvous anzieht und sich nicht entscheiden kann, welches der eineinhalb Hemden das richtige ist. Ich war einmal verliebt, vor ungefähr 80 Jahren. Eine Inselschönheit, ich sehe sie noch heute, als sie vor mir stand: Smaragdgrüne Augen, weiche Haut wie eine Rose, lange schwarze Haare, die sie noch nie im Leben geschnitten hatte und deshalb zusammengebunden in einem Rucksack trug, weil sie sonst wie eine 10 Meter lange Schleppe über die Erde geschleift wären. Es gab damals ein Problem. Wissen Sie, ich traute mich nicht, Sie anzusprechen. Wenn man verliebt ist, wagt man auf einmal die tollkühnsten Dinge, für die einfachsten Sachen fehlt einem aber der Mut.

Wo ist das Problem? fragte Mikado. Ich hätte ihr eine Haarspange aus einem Fischskelett, eine Fußbadschüssel aus einem riesigen Schildkrötenpanzer, vielleicht einen Rucksack aus Bananenbaumblättern oder eine Perle vom Meeresgrund geschenkt und schon wäre ich mit ihr im Gespräch.

Perle vom Meeresgrund, wiederholte Schwarzbart, das war es, Sie haben einen guten Riecher. Es fand nämlich ein Wettbewerb in Tiefseetauchen statt. Wer die schönste Perle fand - die prächtigsten finden sich immer an den tiefsten Wasserstellen - sollte die Inselschönheit zur Frau bekommen. Und ich, ich konnte damals weder schwimmen noch tauchen.
Ein Freund riet mir, mich nachts bei sternenklarem Himmel auf die Klippen zu stellen, auf eine Sternschnuppe zu warten und mir dann etwas zu wünschen, zum Beispiel die schönste Perle zu finden. Meinen Wunsch dürfe ich natürlich nicht verraten, sonst würde er nicht in Erfüllung gehen.
Darin bestand das nächste Problem. Ich hatte noch nie gehört, dass sich ein Wunsch beim Anblick einer Sternschnuppe erfüllte, egal, ob man den Wunsch geheim hielt oder verriet. Irgendwo musste ein Fehler stecken und ich beschloss, nicht nur nach einer Sternschnuppe Ausschau zu halten, sondern sie auch einzufangen, um ihr Geheimnis zu enträtseln, den Fehler aufzudecken, sicher zu gehen, dass mein Wunsch in Erfüllung ging.
Eine Sternschnuppe fangen, wiederholte Schwarzbart. Sie ist zu heiß zum Anfassen, fliegt zu weit oben, es war unmöglich. Aber ich wusste, dass Sternschnuppen aus Erz, Eisenerz, bestehen. Also kaufte ich den größten Magneten der Welt und transportierte ihn auf dem Seeweg zur Insel.
Dann schleppte ich ihn auf eine Klippe, richtete ihn zum Himmel und wartete auf die Nacht. Nach zwei

Stunden schoss eine Sternschnuppe am Nordstern vorbei. Deutlich bemerkte ich, dass ihr Flug plötzlich einen Bogen machte und sie direkt auf mich zuraste. Im letzten Augenblick sprang ich zur Seite und die Sternschnuppe prallte mit einem furchtbaren Knall auf den Magneten. Dabei entwickelte sich eine höllische Hitze, der Magnet begann zu schmelzen und die zähe Masse schoss über meine Füße, brannte sich in meine Haut ein. Seitdem sind meine Füße übrigens magnetisch, ich darf deshalb nur auf Schiffen aus Holz fahren, an Metall bleibe ich sofort haften. Dafür kann ich seitdem kopfüber an Decken laufen. Sie müssen wissen, dass eine Decke aus Steinen und Stahlträgern besteht. Und ich klebe an den Stahlträgern, als hätten meine Füße im Sekundenkleber gebadet.

Mikado dachte nach. Er rieb sich oft Hände und Füße mit Bananenschalen ein, wenn er auf einem Urwaldweg schliddern wollte, weil es im Urwald weder Eis noch Schnee gab. Über einen Weg schliddern, das machte Spaß, aber verkehrt herum an einer Zimmerdecke kleben, welchen Sinn sollte das machen. Bevor er etwas sagen konnte fuhr der alte Kapitän fort:

Später, vielleicht später, vielleicht erzähle ich Ihnen später, was sich alles anstellen lässt, klebt man mit seinen Füßen an der Decke...

Wir waren bei der Sternschnuppe stehengeblieben, dieses fürchterlich heiße Ding klebte

noch immer an meiner Hose, die langsam in Rauch aufging. Ungeduldig wartete ich, bis sich die Sternschnuppe abgekühlt hatte. Jetzt konnte ich sie genauer beobachten. An ihrer Unterseite hing ein Zettel, der aus einem feuerfesten Papier bestand, sonst wäre er verbrannt. Und auf dem Zettel hatte jemand geschrieben:
Sternschnuppe Nummer XZ3N7, gilt nur für Kinder im Alter von 10 Jahren, 9 Monaten, 3 Wochen, 7 Tagen und 12 Stunden, gilt nur beim Betrachten in der Zeit von 24.00 Uhr bis 01.00 Uhr am 1 April.
Jetzt verstand ich auch, warum selten ein Wunsch beim Betrachten von Sternschnuppen in Erfüllung geht. Jede Sternschnuppe gilt nur für ein ganz bestimmtes Lebensalter und dann auch nur zu einer ganz bestimmten Zeit. Sie können sich ausrechnen, wie selten ein 10 Jahre, 9 Monate, 3 Wochen, 7 Tage und 12 Stunden altes Kind am 1 April in der Zeit von 24.00 Uhr bis 01.00 Uhr eine, und dann noch eine ganz bestimmte, Sternschnuppe ansieht. Und ich, ich hätte eine Sternschnuppe für 30jährige gebraucht, so alt war ich damals, aber eine andere Sternschnuppe tauchte in dieser Nacht nicht mehr auf, keine Sternschnuppe für einen 30 Jahre alten verliebten Kapitän.

Beim Wort Sternschnuppe fing Schwarzbart an, zu träumen. Seine Gedanken schwebten 70 Jahre zurück. Er sah sich in der langen Kette der jungen Männer, die nacheinander von der höchsten Klippe sprangen, um die schönste Perle aus dem Meer zu holen.

Am anderen Ende stand das schöne Mädchen. Ihre langen Haare hatte sie ausgerollt, sie hingen die Klippe hinab und reichten bis zum Strand. An der Spitze der Haare war ein kleiner Korb fixiert. Wer aus dem Meer auftauchte, lief zum Strand, legte die gefundene Perle in das Körbchen und das Mädchen zog es mit seinen Haaren die Klippe empor. War die neue Perle schöner als die Perle in ihrer Hand, behielt sie die neue und warf die alte ins Meer; war die neue Perle hässlicher als die alte, wurde sie gleich wieder ins Wasser zurückbefördert.

Schwarzbart sah sich selbst aus dem Meer auftauchen. Bedeutsam schritt er auf die Klippe zu, in der Hand das wertvolle runde Fundstück, seine …

Haben Sie den Wettbewerb gewonnen? Mikado blickte den alten Kapitän an. Doch Schwarzbart reagierte nicht.

Hey, Schwarzbart, haben Sie damals den Wettkampf gewonnen?

Mikado rüttelte energisch am Arm des alten Kapitäns. Trotzdem reagierte er nicht. Selig träumte er vor sich hin. 70 Jahre nicht selbst kochen, 70 Jahre nicht selbst die Hemden bügeln, 70 Jahre nicht selbst den Bart schneiden, mein Leben wäre ganz anders verlaufen, murmelte er vor sich hin, ein Perlenleben, durch eine einzige Perle hätte ich ein Perlenleben gewonnen.

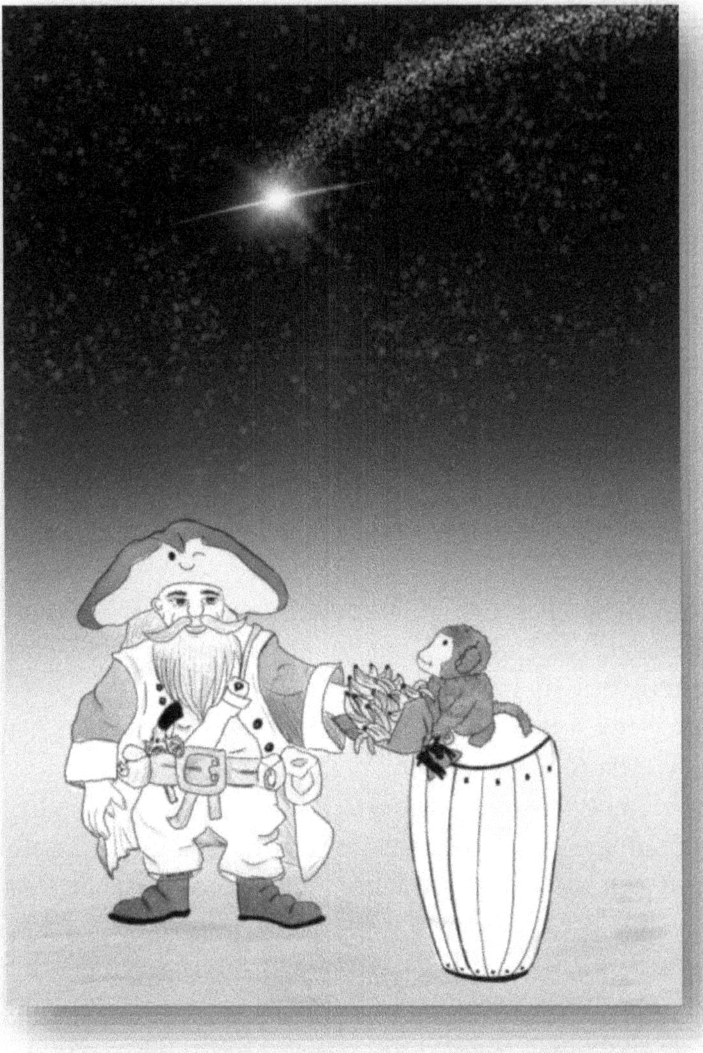

Schwarzbart war weg, sehr weit weg, 70 Jahre weit weg, da merkt man nichts, die Hütte hätte zusammenbrechen können, er hätte es nicht gemerkt, Schwarzbart war in einem längst vergangenen Traum verschwunden.

Aber davon später, vielleicht, ein wenig später, ein anderes Mal, wir werden sehen, später, vielleicht später.

2
Geheimnisvolle Abenteuer –
Abenteuerliches Geheimnis

Verflixt!, sagte Schwarzbart jetzt habe ich schon wieder die Nummer meines Abenteuers vergessen. Aber es handelt sich überhaupt nicht um ein Abenteuer, es handelt sich um ein Geheimnis. Wissen Sie, nicht jedes Abenteuer ist ein Geheimnis, aber jedes Geheimnis verbirgt ein Abenteuer.

Ich habe mich schon gewundert, unterbrach Mikado, ich dachte nämlich, Sie erzählen nur von Abenteuern und nicht von Geheimnissen.

Wie ich Ihnen schon gesagt habe, jedes Abenteuer ist ein Geheimnis, äh, jedenfalls so ähnlich und jedes Geheimnis ist mindestens zwei Abenteuer, ein Abenteuer, hinter das Geheimnis zu kommen und ein weiteres Abenteuer, wieder vor das Geheimnis zu gelangen, sonst laufen sie ihr ganzes Leben hinter einem Geheimnis her. Nehmen Sie bitte nicht alles zu genau, so ähnlich jedenfalls verhält es sich zwischen Abenteuern und Geheimnissen. Die Beziehung zwischen einem Abenteuer und einem Geheimnis ist nämlich ein spezielles, eigenes Geheimnis, dahinterzukommen *ein großes Abenteuer. Erklären Sie mal jemanden, noch dazu, wenn dieser Jemand immer müde ist, diese komplexen Zusammenschnüre zwischen Abenteuer und, ach Sie wissen schon – oder auch nicht.*

Also wovon wollen Sie denn nun erzählen? fragte Mikado etwas ungeduldig, von einem Abenteuer oder einem Geheimnis.

Wenn Sie genau aufgepasst haben, von einem halben Geheimnis oder einem ganzen Abenteuer. Ich war nämlich einmal in einem Meer unterwegs, sagen wir besser auf einem Meer, wo noch kein Mensch vor mir gewesen war. Sehen Sie, bereits darin steckt ein Teil des Geheimnisses, manchmal ist man auf einem Meer, manchmal ist man in einem Meer unterwegs, manchmal ist man sogar unter, an, neben oder über einem Meer unterwegs. Unter der Wasseroberfläche gibt es gewaltige Wasseransammlungen, richtige Meere, sie laufen gemütlich auf der Erde, unter ihnen aber türmen sich gewaltige Meereswellen 1000 Meter unter der Erdoberfläche. Es gibt kaum ein größeres Geheimnis bzw. Abenteuer, man muss es sich nur bewusst machen.
Ich war also einmal in einem Meer unterwegs, sagen wir besser auf einem Meer, wo noch kein Mensch vor mir gewesen war. Ich konnte es leicht

feststellen, denn auf dem Wasser waren keine Spuren, keine Abdrücke eines Bootes zu sehen. In jeder erdenklichen Richtung nur Wasser, Wasser, Luft und Himmel. Für wenige Minuten schloss ich die Augen, ein wenig zu ruhen. Als ich sie wieder öffnete, sah ich keine Seemeile vor mir eine Insel. Kein Zweifel, sie musste vor wenigen Minuten aufgetaucht sein.

„Insel der Geheimnisse", stand auf einem Schild. „Willst du Geheimnisse kennenlernen, von denen noch nie jemand gewusst hat, setzt deinen Fuß auf diese Insel."

Ich war sofort interessiert. Es war wirklich eine seltsame Insel, ein riesiger Baum stand auf ihr. An dem Baum wuchsen aber keine Blätter oder Früchte, nein, dort wuchsen Zahlen. Vielleicht stand der Baum auf dem Grab von Adam Riese und deshalb wuchsen dort Zahlen; an einem Ast zum Beispiel 1 + 1 = 2. Sehen Sie, damit habe ich Ihnen sicher das erste Geheimnis verraten, auch ich habe es vorher nicht gewusst.

Und später habe ich es auf der ganzen Welt herumerzählt, 1 + 1 gleich zwei. Seitdem wird dieses Geheimnis allen Kindern auf der Welt erzählt, sobald sie hören und sprechen können.

Doch weiter. Wie sollte ich auf diese Insel gelangen. Es gab keinen Hafen, ich konnte mit meinem großen Boot nicht einfach auf den Strand auflaufen. Schwimmen! Also sprang ich ins Wasser und schwamm Richtung Insel. Nach wenigen Augenblicken tauchte eine gewaltige Strömung auf und trieb mich von der Insel fort. Tauchen, dachte ich, und verschwand unter der Wasseroberfläche. Doch dort war die Strömung noch gewaltiger. Mühsam rettete ich mich wieder ins Boot. Ich entfernte alle Bretter der Innenverkleidung und baute ein kleines Floß. Damit versuchte ich, die Insel zu erreichen. Auf halbem Wege tauchte ein Tier auf, das ich nie zuvor gesehen hatte. Am Schwanz hatte es zehn gewaltige Flossen. Damit packte es mein kleines Floß und schleuderte mich in hohem Bogen zurück. Glücklicherweise landete ich auf meinem Schiff. Ich verstand. Irgendeine Kraft versuchte mich davon abzuhalten, auf die Insel der Geheimnisse zu gelangen. Ich beschloss, die Nacht abzuwarten. Vielleicht schlief diese Macht in der Nacht. Vielleicht gelang es im Schatten der Dunkelheit, diese fremde Macht zu überlisten und die Insel zu erreichen.

Im fahlen Mondlicht baute ich aus den Brettern des Floßes eine schmale Brücke und lief auf ihr Richtung Insel. Da ich nicht genügend Bretter hatte, stellte ich meine Beine immer auf die *vorderste Stelle des Weges, griff nach hinten und zog die letzten Bretter wieder nach vorn, um meinen Weg auf diese Weise ständig zu verlängern. Kurz vor Erreichen des Festlandes tauchte ein Sägefisch auf, seine Schnauze war in eine gefährliche Säge verwandelt und trennte ein gehöriges Stück aus der Brücke heraus. Ich hatte Mühe, zurück auf mein Schiff zu gelangen, bevor der Holzsteg mit lautem Bersten zusammenkrachte.*

Nun blieb nur noch der große Luftballon, den ich zum Geburtstag bekommen hatte. Ich hatte gehört, dass man mit einem Ballon aus einem Land fliehen kann, das durch eine runde Mauer zu einer Insel gemacht worden war. Warum sollte ich dann nicht auch mit einem Ballon auf eine Insel gelangen. Ich blies ihn fast bis zum Platzen auf, goss noch etwas Kohlensäure aus einer Selter hinein, band meinen Arm an den Ballon und schwebte im Nachtwind der Insel entgegen. Ich hatte erst wenige Meter zurückgelegt, als ein Schwarm fliegender Fische durch die Luft sauste und meinen Ballon zerstörte. Mit letzter Kraft erreichte ich mein Schiff. Müde beschloss ich, bis zum Morgengrauen zu warten, vielleicht kam ich in der Ruhe des Schlafs auf eine rettende Idee.

Als ich morgens die Augen aufschlug, war die Insel verschwunden. Nur der Zahlenbaum war übriggeblieben. Er stand jetzt verkehrt herum. Deutlich war jetzt zu lesen: zwei gleich 1 + 1. Die Rechnung stimmte also auch umgekehrt. Immerhin hatte ich ein zweites Geheimnis entdeckt und diese beiden Geheimnisse gerettet.

Hmm…, sagte der Affe, wenn Sie wenigstens ein Bananengeheimnis entdeckt hätten.
Schwarzbart schüttelte resigniert den Kopf.

Was ist eine Banane gegen die Kunst der Mathematik. Man kann es nicht allen recht machen und schon gar nicht einem Affen. Dann würde ich gleich beim Affenrecht landen. Aber was soll ich alter Seebär mit dem Affenrecht anstellen? Da wäre schon das schwarze Bartrecht für mich interessanter. Sehen Sie, wahrscheinlich habe ich auf dieser Insel ein drittes Geheimnis nicht entdeckt, das sich in meinem klugen Kopf gerade aus den ersten beiden Geheimnissen gebildet hatte. Es hat mit der hohen Kunst der Mathematik zu tun, aber auch mit Bananen, da Sie an nichts anderes denken können, selbst im Schlaf nicht. Zwei Bananen plus einem Affen gleich ein Bananenschalenberg. Hier haben Sie Ihr Geheimnis, Ihr Geheimnis aus Bananen verknüpft mit den Geheimnissen der Mathematik. Und nun lassen Sie mich im Schlaf weiterdenken, vielleicht kann mein kluger Kopf aus den drei Geheimnissen bald ein viertes, möglicherweise ein fünftes, sechstes oder gar ein siebentes Geheimnis aufdecken. Wir werden sehen, nach dem Schlaf werden wir sehen, ich werde Ihnen davon berichten, wenn Sie möchten in einer Geheimsprache, sogar in einer Bananengeheimsprache, vielleicht, wir werden sehen, zuerst muss ich abwarten, was der Schlaf bringt. Jeder Schlaf bringt etwas, auch das ist ein Geheimnis, das nicht jeder kennt. Aber kein Geheimnis von der Geheimnisinsel. Also kein geinseltes Geheimnis. Nur ein halbes offenes Geheimnis. Ich meine ein halb verschlossenes offenes Geheimnis, also ein halb geinseltes verschlossenes offenes Geheimnis. Eben ein....

Mikado atmete erleichtert auf. Der alte Brummbär war endlich eingeschlafen, eingeschlafen in einer Woge, Pardon in einer Welle, Pardon in einer Wolke, Pardon einer gewellten wogenden Wolke aus geheimnisvollen, also bestimmt keinen geheimnisleeren, in einer Schlafwolke aus Geheimnissen.

3
Dreifach vergoldeter (Müll-)Eimer

Sie kennen mein 15. Abenteuer noch nicht? Schwarzbart hielt dem Affen seine Hand hin, auf dem Handrücken war eine breite Narbe zu erkennen.

Hat Ihr 15. Abenteuer etwas mit dieser Narbe zu tun?, fragte Mikado gelangweilt.

Ich unterbreite Ihnen einen Vorschlag: Eine Trilogie gegen zwei Tage frei.

Was meinen Sie mit Trilogie?, fragte Mikado verständnislos.

Schwarzbart sah ihn an:

Wenn Sie drei Bananen essen, ist das eine Trilogie des Essens. Wenn Sie 3 × 100 m gehen, ist das eine Trilogie des Laufens. Ich schlage Ihnen vor, heute drei Abenteuer zu besuchen, dann brauchen Sie.....

Dann muss ich mir die nächsten zwei Tage keine anhören?, unterbrach Mikado.

Schwarzbart nickte und der Affe stimmte begeistert zu, zwei Tage frei, dafür ließen sich auch drei Abenteuer auf einmal aushalten. Außerdem hatte sich Mikado einen Trick zugelegt, er träumte während des Erzählens einfach von Bananen, seine Ohren, seine Augen, seine Gedanken saßen in einem wunderschönen Bananenbaum, während Schwarzbart seine Abenteuer erzählte.

Wissen Sie, fuhr Schwarzbart fort...
(Mikado hörte ihm sowieso nicht zu, er saß mit seinen Gedanken im hohen Bananenbaum),

wissen Sie, das mit der Trilogie passt ganz gut. Die drei Geschichten sind jede ein Abenteuer für sich, aber sie gehören zusammen, so wie eine Faust aufs Auge passt, Pardon, eine Faust auf zwei Augen passt, sonst wären es keine drei, keine Trilogie, Pardon, ich meine wie ein Schlüssel ins Schloss passt, Pardon, wie ein Schlüssel gleichzeitig in zwei Schlösser hineingesteckt werden kann, wegen der Drei, der Trilogie, wenn Sie nicht verstehen, was ich nicht meine, Pardon, wenn Sie ahnen, was ich denke.

Mikado musste tief durchatmen. Das fing ja heute schon gut an und dann noch zweimal, also dreimal insgesamt. Schnell wiederholte er seine Frage.

Hat Ihre Narbe mit den Abenteuern zu tun? Und warum haben Sie nur eine Narbe und nicht drei, wenn Sie eine Narbentrilogie erzählen?

Der Kapitän nickte. Aber nur einmal, nicht dreimal. Also kein trilogisches Nicken.

Die Narbe hat mit diesem Abenteuer zu tun. Auf einer früheren Reise entdeckte ich eine Insel, eine seltsame, sage ich Ihnen, die Wege waren aus Gold, die Hütten waren aus Gold, alles war aus Gold. Ich wollte mir die Insel genauer ansehen, da tauchten am Strand, da tauchten am Strand einige Eingeborene auf. Unmissverständlich zeigten sie, dass ich mich nicht weiter nähern sollte. Ein Boot wurde zu Wasser gelassen und schwer beladen mit

großen Eimern setzten einige Eingeborene zu mir über. Sie waren sehr friedlich und ich wunderte mich, warum ich nicht selbst auf der Insel anlegen durfte. Ich war noch am Wenden begriffen, als sie schon dicke Palmenwedel in die Eimer tauchten und, nun werden Sie staunen, mein Boot mit goldener Farbe strichen. Jetzt konnte ich mir meinen Teil denken, mein Schiff war nicht vornehm genug für ihre Insel, und tatsächlich, nachdem sie alles golden überstrichen hatten bedeuteten sie mir, in den Hafen einzufahren.
Auf der Insel kümmerten sie sich nicht mehr um mich und ich machte mich auf, den Grund ihres Reichtums zu suchen. Doch ich fand nichts, keine Bergwerke mit faustgroßen Nuggets, keinen Fluss mit Milliarden Goldkörnern. Woher kam der Reichtum, woher das Gold?
Eines Nachts, ich konnte nicht schlafen, hörte ich seltsame Geräusche am Strand. Vorsichtig schlich ich durch den Urwald, zum Glück war Vollmond, und ich konnte bald ein interessantes Schauspiel beobachten. Alle Eingeborenen standen auf einer Klippe, bestimmt 200 Meter hoch und sprangen durch die Dunkelheit der Nacht ins Meer. Es dauerte Minuten bis sie wieder auftauchten. Sie setzten sich um ein Lagerfeuer und bald begann ein lebhafter Handel. Am nächsten Tag sprach ich einen Jüngeren auf der Straße an, was das geheimnisvolle Treiben gestern zu bedeuten hatte. Der Junge antwortete nicht, er bedeutete nur, ihn zu begleiten.

Nach einigen Minuten wiederholte ich meine Frage, er aber lief schnurstracks geradeaus, verzog keine Miene, verzog keine einzige Miene seines Gesichtes, wie ein Roboter. Auf einmal fiel mir etwas Sonderbares auf. Der Junge atmete nicht. Die ganze Zeit während er lief atmete er kein einziges Mal. Lief ich neben einem Toten, konnte es sein, dass ein toter Junge neben mir auf der Straße lief, war der Junge ein Geist, nur eine Einbildung. Er beschleunigte sein Tempo, ich hatte Mühe, ihm zu folgen, und alles geschah, ohne dass der Junge ein einziges Mal atmete.

Doch auf einmal blieb er stehen, riss seinen Mund auf und verschlang mit einem lauten Atemzug eine gewaltige Ladung Luft, der Luftsog erfasste mich und ich prallte unsanft gegen ihn.

Nachdem ich wieder zur Besinnung kam, fragte ich den Jungen nach dem Grund seines seltsamen Verhaltens und bald erfuhr ich, dass er das Luftanhalten fürs Tiefseetauchen trainierte. Egal was er tat, ob er aß, trank, lief, spielte, überall, sogar im Schlaf, trainierte er das Luftanhalten. Der Grund war einfach. Gestern Nacht waren die Eingeborenen von den Klippen gesprungen, um aus der Tiefe des Meeres wertvolle Perlen zu holen. Daher stammte der Reichtum der Insel, die goldenen Hüllen und all das andere. Wer es schaffte, fünf Minuten die Luft anzuhalten, durfte dabei sein. Und es lohnte sich. Mit etwas Glück ließ sich eine Muschelperle finden, die mehr wert war als man in einem ganzen Leben durch Arbeit verdienen konnte.

Finden Sie nicht auch, sagte der Junge, es ist angenehm, einmal 5 Minuten zu tauchen anstatt zehn Jahre zur Schule und danach 40 Jahre zur Arbeit zu gehen?
Er hatte recht. Seit 30 Jahren fuhr ich zur See, durch Wind, Wetter, Sturm, bei Regen und Kälte, trotzte Haien und Piraten, kein einfacher Broterwerb. Auch mir erschien es plötzlich verlockender, fünf Minuten tauchen gegen zehn weitere harte Arbeitsjahre einzutauschen. Da ich herausgefunden hatte, dass die Eingeborenen nicht jede Nacht nach den Perlen tauchten, beschloss ich, in einer der Nächte mich heimlich selbst auf die Suche zu begeben. Was ich dabei erlebte, werden Sie, Mikado, vielleicht, vielleicht nicht verstehen, ich habe drei Jahre gebraucht, um es zu begreifen und Sie, Sie müssen versuchen, es in der kurzen Zeit meiner nächsten Erzählung zu verstehen.

Doch bevor Schwarzbart weitererzählen konnte kam eine geheimnisvolle Wolke, hüllte seinen Kopf ein und als die Wolke verschwunden war, waren auch die zweite und die dritte Hälfte der Trilogie mit ihr verschwunden. Irgendwo auf einem weißen Papier hat die geheimnisvolle Wolke die zweite und dritte Hälfte bestimmt wieder ausgespuckt. Nur wo? Es blieb für kurze Zeit das trilogische Geheimnis des alten schlafenden Seebären. Es wird sich finden, das Geheimnis wird sich finden, denn alles findet sich, wenn nicht von anderen, dann findet sich alles von sich selbst. Das ist ein schlafendes Geheimnis. Davon später, ein anderes Mal, später, vielleicht bestimmt später, auf jeden Fall vielleicht, ein Viel das leicht ist später...

4
Reise zu den Sternen

Schwarzbart stürmte in die Hütte des Affen ohne anzuklopfen.
Setzen Sie sich, ich werde Ihnen mein..., Ach was soll's, die Zahl spielt keine Rolle, dafür bleibt jetzt keine Zeit, ich muss Ihnen sofort mein Abenteuer erzählen.
Mikado reagierte nicht, sah weiter fern, als hätte er den alten Kapitän gar nicht bemerkt.
Sie müssen mein Abenteuer anhören, wiederholte Schwarzbart, schalten Sie den Flimmerkasten ab.
Der Affe drehte sich lässig um:
Ist etwas spannender als der Krimi, den ich gerade sehe. Bananendiebstahl, mitten im Urwald, und noch keine heiße Spur. Diese Bananen hingen an der Spitze des höchsten Bananenbaums, von den Milliarden Bananen, die auf dieser Erde gewachsen sind, hing keine andere derart hoch. Sie wissen, was das für den Geschmack bedeutet? Deshalb waren die Diebe hinter den Bananen mehr her als hinter einem Goldschatz. Die Bananen waren für einen reichen Scheich bestimmt, der stellt gerade eine

Polizeitruppe zusammen, um die Diebe zu fangen. Gibt es etwas Spannenderes? Und der Scheich hat schon angekündigt, ein Bananenflugzeug bauen zu lassen. Auf den Ledersesseln sitzen keine Menschen, sondern stehen Bananenpflanzen, die durch die offenen Fenster nach draußen wachsen. Das Flugzeug fliegt viel höher als der größte Bananenbaum hoch ist, also viel dichter an der Sonne als jemals zuvor und der Pilot darf erst landen, wenn die Bananen reif sind. Spannend, ich kann Ihnen sagen, der spannendste Krimi, den ich bisher gesehen habe.

Sie haben recht, antwortete Schwarzbart, es kann nichts Spannenderes geben, aber ich werde mein Abenteuer jetzt erzählen, ob Sie wollen oder nicht.

Dann hole ich die Polizei, entgegnete der Affe.

Bis die eingetroffen ist, habe ich mein Abenteuer erzählt, erwiderte Schwarzbart.

Na und, die Polizei kann Spuren lesen, warf Mikado ein. Sie hat eine Lupe, mit der kann sie alle Worte finden, die in einem Raum gesprochen wurden. Wenn es ein altes Abenteuer war, kann sie die Worte 10 Minuten danach noch finden, bei einem neuen Abenteuer noch 30 Minuten später.

Solch eine Lupe besaß ich auch einmal, brummte Schwarzbart. Wenn ich nachts mit meinem Segelboot fuhr, betrachtete ich damit das Licht der Sterne. Die Lupe verwandelte mir das Licht und ich sah alles, was auf diesen fremden Sternen geschah. Pflanzen entdeckte ich, die ich nie zuvor gesehen hatte und seltsame wunderschöne Tiere, die ich noch nie fotografiert hatte.

Der Wind, dachte ich, der Wind trägt das Licht von den Sternen und auch die Bilder bis auf mein Boot. Ich muss den Wind fragen, ob er mich auch zu diesen Sternen tragen würde.

Ich holte also mein Segel ein und spannte stattdessen mein Fischernetz an die Masten. Ich brauchte gar nicht lange zu warten, da kam eine Brise auf und kurz darauf begann es, im Netz zu zappeln. Ich hatte den Nachtwind gefangen.

Kommst du von den Sternen, fragte ich den Wind.

Ja, antwortete er, lass mich schnell frei, ich habe mich in deinem Netz verfangen. Ich muss noch viele Bilder von den Sternen auf die Erde bringen.

Kannst du mich mitnehmen?

Der Wind betrachtete mich:

Du bist zu schwer, sagte er, einen Menschen von deinem Kaliber kann ich nicht tragen. Aber vielleicht, wenn du dich ganz leicht machst. Du musst schlafen und träumen, dann bist du so leicht wie eine Feder und ich kann dich überall hintragen.
Ich befreite den Wind aus dem Netz und versuchte, einzuschlafen. Es ist gar nicht so einfach, auf Bestellung einzuschlafen, besonders, wenn man nicht müde ist. Alle Kinder wissen davon nicht nur ein Lied, sondern davon tausende Lieder zu singen. Ungeduldig wartete der Wind neben mir. Endlich nickte ich ein. Ich merkte, dass ich leicht wie eine Feder wurde und in der Luft schwebte. Ein ähnliches Gefühl hatte ich nur einmal in meinem Leben, als ich ziemlich krank war und mich der Medizinmann des Urwalds in Hypnose versetzte. Aber hier ging es nicht um Krankheit oder Hypnose, es ging um einen federleichten Ritt auf dem Wind zu den Sternen.
Da ich das geforderte Gewicht erreicht hatte, trug mich der Wind wie versprochen fort, bis zu den weit entfernten Sternen, die ich bisher nur durch die Lupe betrachten konnte.
Was haben Sie erlebt? fragte Mikado neugierig. Gibt es auf diesen Sternen

Bananenbäume? Und wie groß sind die Bananen, die dort wachsen. Schmecken sie süßer als bei uns?

Ich war eine Nacht unterwegs, antwortete Schwarzbart. Wundersames habe ich erlebt, dann hat mich der Wind auf mein Boot zurückgebracht.

Als wir wieder auf dem Schiff waren, sagte er, ich solle die Augen öffnen. Kaum hatte ich es getan, da blies er mir mit aller Kraft ins Gesicht und damit blies er die Erinnerungen an meine Reise fort.

Es tut mir leid, sagte der Wind, aber diese Dinge sind geheim, niemand darf sie einem anderen verraten, jeder muss selbst dorthin reisen und dann erzählte er noch etwas von einem Raumschiff, das so ähnlich wie ein Traum oder eine Fantasie aussieht, dass man damit am besten, schnellsten und am weitesten reisen kann.

Mikado stellte den Fernseher ab.

Singen Sie ein Schlaflied, bat er den alten Kapitän, ich will schlafen und träumen. Aber vorher nehme ich mir noch einen großen Korb in den Arm, falls auf dem Stern, wo ich hinreisen möchte, Bananenbäume wachsen.

Gepäck kostet extra, sagte Schwarzbart und begann, ein altes, sehr altes Schlaflied zu brummen.

Nachdem der Affe eingeschlafen war, lief Schwarzbart zu seiner Schatztruhe und holte einen großen Sack heraus. Der Sack war nur mit Luft gefüllt. Aber einer besonderen Luft, Luft aus seiner Sternenreise. Vorsichtig schnitt er ein kleines Loch hinein und ließ durch das Loch eine an einer seidenen Schnur befestigte Lupe, die er aus tausend und einer Nacht mitgebracht hatte, hinab. Mit ihr konnte man alle Bilder sehen, die in dieser Luft, in diesem Licht gefangen waren.

Schwarzbart erkannte durch die Lupe die schwarze Fellkugel mit den zehn Armen, an jedem Arm waren zwei Augen. Weil sich die Augen an den Armen befanden, waren es die beweglichsten Augen im ganzen Weltall. Eine Kugel hat 360 Grad, aber diese Augen konnten in mehr als 360 Richtungen schauen, auch in die verblichenen Richtungen der Vergangenheit und die aufdämmernden Richtungen der Zukunft. Alles lebenswichtig im stockfinsteren Weltraum. Alles dort war dunkel, alles dort war gefährlich. Da muss einer gleichzeitig in mehr als 360 Richtungen sehen können, wollte man

nicht von einem der Milliarden Kometen durchlöchert werden. Und auf den Ohren dieses Wesens befanden sich schneckenförmige Gebilde wie die Radarantennen eines geheimen Flugzeuges, mit dem es eine Million Geräusche gleichzeitig wahrzunehmen in der Lage war.
Ach ja, seufzte Schwarzbart, der Schwarzkobodus, wie gern hätte ich ihn mit auf die Erde genommen, aber er wollte lieber auf seinem weit entfernten Stern verbleiben.
Neben dem Schwarzkobodus sah er ein anderes Wesen, halb Pflanze, halb Tier, halb Stein, halb Sternenzeit. Ein Wesen, das aus vier Hälften zusammengesetzt war und deshalb von seinem Planeten fliehen musste, weil dort jeder nur bis zwei zählen konnte und jeder deshalb meinte, der Vierhalber hielt sich für etwas Besonderes.
Wieder seufzte Schwarzbart tief. Wie gern hätte er dem Affen von diesen beiden Sternwesen erzählt. Aber es war verboten und das ist das größte Problem von einem Geheimnis. Das größte Problem von einem Geheimnis, es nicht weiterzuerzählen. Manche gruben Löcher in die Luft und sprachen ihre Geheimnisse dort hinein, weil sie es nicht länger aushalten konnten, die Geheimnisse für sich zu behalten. Das war megagefährlich.

Aber davon später. Vielleicht später dachte Schwarzbart und betrachtete den schlafenden Mikado. Plötzlich wurde auch der alte Kapitän müde. Denn die Müdigkeit ist noch ansteckender als der gefährlichste Virus. Auch so ein Geheimnis, ein schlafendes Geheimnis, eben ein Schlafgeheimnis.

5
Verschlossene Ohren

Sie kennen mein neuntes Abenteuer nicht? fragte Schwarzbart.

Doch, sie haben es gestern erzählt, obwohl ich es nicht hören wollte.

Ich erinnere mich, sagte der Kapitän. Ich werde auf die Straße gehen.

Warum? fragte der Affe.

Ich muss jeden Tag ein Abenteuer erzählen, Sie können es nicht verstehen, denn Sie haben nicht so viel erlebt wie ich. In meinem Kopf ist kein Platz mehr, weil ich immer noch mehr Abenteuer erlebe, als ich wegerzählen kann. Außerdem ist es so eine Sache, etwas nicht hören zu wollen. Ich bin Jahrzehnte über das Meer gefahren, ich musste mir auch jeden Tag von morgens bis abends das Rauschen der Wellen anhören, ob ich wollte oder nicht. Heute erzähle ich mein Abenteuer auf der Straße, aber morgen werde ich damit beginnen, Ihnen an jedem Tag zwei Abenteuer zu erzählen. Schließlich essen Sie auch dreimal am Tag, schalten zehnmal den Fernseher ein und putzen sich zweieinhalb Mal die Zähne.

Der Affe stöhnte, aber beim letzten Satz kam ihm ein kleiner Gedanke.

Gut, ich werde auf einmal Zähneputzen verzichten, dafür habe ich Zeit, ein Abenteuer mehr zu hören.

Müssen Sie nicht, sagte der Kapitän. Ich erzähle Ihnen das zusätzliche Abenteuer beim Zähneputzen. Die Geräusche in ihrem Kopf,

verursacht von der Zahnbürste, sind wie das Krachen der aufgewühlten Wellen an den scharfkantigen gelben Felsen, die ich auf der Insel Iqualabata fand.
Ich stand allein am Strand, soweit das Auge reichte, keine Seele eines lebenden Wesens. Plötzlich hörte ich ein unheimliches Tosen, keine 200 m hinter mir, wie ich sofort die Situation einschätzte.

Entschuldigen Sie, unterbrach der Affe, hier ist nicht die Straße.

Hier ist nicht die Straße? Natürlich nicht, ich sagte Ihnen doch, dass ich mich auf dem einsamen Strand der Insel Iqualabata befand, als ...

Jaja, inmitten der scharfkantigen gelben Felsen, die Sie an meine ...
Der Affe fletschte seine Zähne.

Ein angenehmer Gastgeber sind Sie heute nicht, erwiderte Schwarzbart. Hastig trank er sein Glas leer.
Wie Sie wollen. Ich werde mein neun Komma zehntes Abenteuer auf der Straße erzählen. Wie Sie wollen. Es ist mein spannendstes Abenteuer. Sie werden es nie erfahren. Ich erzähle es lieber jemandem, der zufällig vorbeikommt, als Ihnen.
Schwarzbart öffnete die Tür, trat in die Dunkelheit und warf die Tür mit einem lauten Knall hinter sich zu.

Es dauerte nicht lange, da vernahm der Affe ein lautes, aufgeregtes Brummen, das von draußen durch die Tür drang. Der Kapitän hatte offensichtlich ein anderes Opfer gefunden. Der Affe schlich ans Fenster und beobachtete die Sterne vor der Tür. Er kannte den Unbekannten, auf den der alte Kapitän einredete. Morgen würde er nach draußen gehen, die Worte des Abenteuers mussten noch herumliegen. Und wenn nicht, falls der Wind die Worte bereits hinweggeweht hatte, würde er den Unbekannten aufsuchen, vielleicht, vielleicht könnte dieser ihm das Abenteuer erzählen, wenn er es nicht mehr von der Straße auflesen konnte.

Mikado erinnerte sich dunkel, in der Schule von der Insel Iqualabata gehört zu haben. Dort hatte sich die größte Stadt befunden, die es jemals auf der Erde gegeben hatte. Sie war so groß, dass sogar angefangen werden musste, die Häuser in der Luft zu bauen, ohne jede Stütze auf dem Erdboden. Die Bewohner hatten dafür einen superleichten Baustoff entwickelt. Wohnen durfte in den Lufthäusern nur, wer ein bestimmtes Körpergewicht nicht überschritt. Also nichts für den alten Schwarzbart. Durch die vielen Einwohner war die Luft so knapp, dass jeder am Morgen eine große Tüte Luft zugeteilt bekam. Er konnte selbst entscheiden: Wollte er die Luft benutzen,

um zur Schule zu gehen, Fahrradrallye zu fahren, zu chillen oder was auch immer.
Wer genug Geld hatte konnte sich auf dem Luftmarkt schwarze Luft nachkaufen, mit ihr ließ sich jedoch nicht soviel anstellen wie mit der Luft aus der morgendlichen Tüte. Auch das Essen bekamen die Einwohner von Iqualabata morgens in einer großen durchsichtigen Box zugeteilt. Wer seine Portion nicht schaffte musste den Rest zurückbringen, weil es sonst für alle oder auch den nächsten Tag nicht gereicht hätte. Deshalb waren die Boxen durchsichtig, damit die Essenspolizei alles kontrollieren konnte, ohne die Boxen zu öffnen. Das Essen musste bis zu einer bestimmten Uhrzeit verzehrt worden sein. Kein nächtlicher Snack möglich, wie es bei Schwarzbart zehnmal in der Nacht üblich war. Danach hatte man noch eine halbe Stunde Zeit, die Reste zur Essensbehörde zurückzubringen. Wer nach dieser halben Stunde auch nur mit dem allerkleinsten Essenskrümel erwischt wurde, konnte eine Woche im Gefängnis landen. Die einzige Möglichkeit, dem zu entrinnen, wenn man ein Gummibärchen oder andere Naschis hatte, die man dem Essenspolizisten zustecken konnte. Bald waren die Gummibärchen, die Naschis, das neue Gold, die neue Währung von Iqualabata geworden. Damit konnte man sich so ziemlich alles kaufen und in vielen

verstaubten Spielzeugkisten wurden regelrechte Ausgrabungen nach vergessenen Naschis unternommen.

Trotzdem war alles gut auf der Insel Iqualabata, bis eines Tages.... Bis eines Tages alles plötzlich verschwunden war. Niemand wusste warum. Niemand wusste den Grund. Einige vermuteten, dass der Dinosaurier erschienen war. Es war der einzige Dinosaurier, der den Kometeneinschlag überlebt hatte. Und der deshalb alles fressen musste, was früher alle anderen Dinosaurier zusammen vertilgt hatten. Bald soll dieser letzte Dinosaurier gigantisch galaktisch groß gewesen sein, bis er sich deshalb nur noch im Wasser bewegen konnte. Und unglücklicherweise eines Tages die Insel Iqualabata sah und diese in den Abgrund riss, als er sich auf dem Strand der Insel abstützte. Aber was hatte dann der alte Schwarzbart dort, dort im Nichts der Insel Iqualabata, erlebt?
Es begann Mikado leid zu tun, dass seine Ohren vorhin so frech zu Schwarzbart gewesen waren. Doch wer kann etwas für seine Ohren. Sie kleben einfach an einem dran, ob einer will oder nicht. Und sie verhielten sich seltsam. Bei den Kindern hörten sie und hörten doch nicht. Später wollten sie immer nur dieselben lauten Töne hören, wie einer, der jeden Tag nur einen

riesigen Hamburger und dazu zehn Flaschen Ketchup isst. Und war man alt wie Schwarzbart, wurde alles wieder wie am Anfang. Die Ohren hörten und hörten doch nicht, selbst wenn sie wollten. Jedenfalls das hatte Mikado von Schwarzbart erklärt bekommen und der musste es wissen. Im Alter schlafen die Ohren auch am Tage.

Mikado musste am nächsten Tag das verpasste Abenteuer herausbekommen. Er huschte zum Fenster und wollte nachsehen, ob Schwarzbart noch immer mit dem bekannten Unbekannten sprach. Doch draußen waren nur Nacht, nur Dunkelheit, nur Kälte, nur herumfliegende Träume, nichts anderes.

6
Die Kokosrallye

Wissen Sie, sagte Schwarzbart, ich habe Ihnen von meinem 147. Abenteuer erzählt. Erinnern Sie sich? Es war schön. Sehr schön. Also beschloss ich, dass 147. Abenteuer noch einmal zu erleben. Sie schütteln den Kopf? Ein Abenteuer lässt sich nicht doppelt erleben? Ich muss Sie verbessern. Drei Tagesreisen von hier liegt eine Insel im Wasser, runder als ein Kreis. Genau in der Mitte steht ein Spiegel, hoch wie ein Mann und breit wie ein Haar. Wenn sie in diesen Spiegel blicken, sehen sie ihr letztes Abenteuer noch einmal, haargenau, wie sie es erlebt haben. Und drehen sie sich um, also mit dem Rücken zum Spiegel, erleben sie es genau verkehrt herum.

Ich stellte mich also vor den Spiegel und fand mich gleich darauf auf der Insel mit dem riesigen Baum wieder, ich erzählte Ihnen beim letzten Mal davon. Doch jetzt hing keine Banane, sondern eine Kokosnuss an diesem Baum. Der Baum war so hoch, dass ich drei Tage brauchte, um von seiner Wurzel bis zur Spitze zu sehen und oben, am höchsten Ast, hing eine riesige braune Kokosnuss. Wie sollte ich an diese Frucht herankommen?

Eine Ameise! Natürlich. Ich suchte eine Ameise und versprach, ihr ein Boot zu schenken, wenn sie auf den Baum kletterte. Oben sollte sie sich auf die Kokosnuss setzen, von ihrem Gewicht würde die braune Kugel hinunterfallen. Sie war der Gewichtstropfen, der die riesige Kokosnuss zum Herabstürzen bringen würde.

Sofort begab sich die Ameise auf ihren Weg. Ich rechnete aus, dass sie eine Woche benötigen würde, zur Spitze des Baumes zu gelangen. Also legte ich mich erst einmal für ein paar Tage schlafen. Als ich aufwachte ließ ich wieder meinen Blick den Baumstamm hinaufgleiten. Nach zwei Tagen, also nicht mehr nach drei, erreichten meine Blicke die Kokosnuss. Also musste sie bereits abgefallen und auf dem Weg zur Erde sein. Deutlich war die Ameise auf dem Rücken der Kokosnuss zu erkennen, die wie eine Kugel zur Erde sauste. Zwei Tage, genug Zeit, um noch einmal auszuschlafen. Als ich wieder erwachte, sah ich, dass die Kokosnuss ein großes Stück tiefer gefallen war, in einer Stunde würde sie auf der Erde landen. Einen Flugplatz musste ich bauen, etwas, worauf sie landen konnte ohne zu zerbersten.

Zum Glück fiel mir die Stecknadel ein, die ich für solche Fälle in meiner Tasche trage. Ich bohrte die Stecknadel verkehrt herum in die Erde und wartete. Die Minuten verstrichen. Schließlich, nach einer Stunde, fiel die Kokosnuss genau auf die Spitze meiner Stecknadel, wie auf einen Spieß thronte die braune Kugel, die mindestens 1000mal so groß wie mein Boot war. Aus der aufgebohrten Stelle ergoss sich ein Wasserfall von Kokosmilch, ein Milchfall. Ich musste die Nuss umdrehen, um das kostbare Nass nicht zu verlieren. Mit meinem kleinen Finger tippte ich die Kugel an und eine Kokosnuss, 1000mal so groß wie mein Boot, drehte sich um 180 Grad.

Jetzt sprang ich mit einem Stab auf die Kokosnuss und bohrte mit der Stecknadel eine weitere kleine Öffnung, damit ich in die Kokosnuss hineinsteigen konnte. Wie von einer Klippe stürzte ich mich vom Rand der Nuss in die süßlich duftende Kokosmilch.

Wunderbar, sage ich Ihnen, in Kokosmilch zu baden, einfach wunderbar, was sage ich, nicht einfach sondern Millionen Mal wunderbar, beim Baden Wasser, ich meine Kokosmilch, zu verschlucken, millionenfach wunderbar, alles war fantastisch. Als ich nach einer Stunde auftauchte, bemerkte ich eine Veränderung an mir. Ungläubig strich ich mit meinen Fingern übers Gesicht. Es war glatt wie die Haut eines dreijährigen Kindes, alle Falten verschwunden, vom Meer der Kokosmilch aufgesaugt, deren Oberfläche von den Falten leicht wellig geworden war. Wissen Sie, was dies bedeutete? Ich war reich, ein gemachter Mann, ein kokosgemachter Mann, ich besaß genügend wundersame Flüssigkeit, um alle Falten auf der Welt aufzusaugen, sogar eine hügelige Landschaft konnte ich damit glätten.

Plötzlich rumorte es und ehe ich mich versah, begann sich die Kokosnuss zu drehen. Langsam erst, doch bald raste sie wie ein durchgeknallter Fliegenpilz über die Erde. Ich schloss die Augen. Stunden dauerte es. Müdigkeit überkam mich. Es war wie Millionen Achterbahnfahrten hintereinander. Dabei können sie nicht einschlafen, auch wenn sie noch so müde sind. Wie durch einen Schleier nahm ich wahr, dass die Kokosnuss beim Rollen immer mehr ihrer Flüssigkeit verlor. Tage, Stunden und Wochen vergingen. Erschöpft legte ich mich in einer Ecke der Nuss schlafen, bei jeder Umdrehung schwappte eine gewaltige Welle Kokosmilch über mich hinweg, endlich war ich aber einfach zu müde, zu kaputt, um wach zu bleiben.

Nach drei Tagen erwachte ich. Verdurstet oder verhungert war ich nicht, während des Schlafens

schnappte ich im Unterbewusstsein immer einen ausreichenden Schluck von der über mich hereinbrechenden Kokosmilchwelle. Die Nuss rollte nicht mehr. Ich kam mir in ihrem Inneren wie in einer gewaltigen Höhle vor. Hoch oben erkannte ich die Öffnung, die ich mühsam hineingebohrt hatte. Wie ein Bergsteiger erklomm ich die weiße Innenwand. Als ich die Öffnung erreichte und meinen Kopf ins Freie steckte, überkam mich ein gewaltiger Schreck.
Wissen Sie, wohin die Kokosnuss gerollt war? Sie können es nicht wissen, weil Sie kein Abenteuer erleben, Sie sind kein Abenteurer wie ich. Ihr trauriges Leben besteht darin, tagaus und tagein gelbe Bananen zu essen und im Urwald nach einem leeren Platz für die vielen Bananenschalen zu suchen. Ihr einziges Abenteuer besteht darin, von welchem Ende der Banane sie anfangen, diese zu verzehren. Für sie müsste eine Banane 1000 Enden haben, damit ihr Leben etwas abwechslungsreicher wäre. Die Kokosnuss war auf die Spitze des Baumes zurückgerollt.
Kilometerweit hing ich in ihr über dem Erdboden, direkt über mir die Wolken, zum Anfassen nahe. Ich blickte zur Erde. Nach unten sehen ging schneller als nach oben zu blicken. Sie erinnern sich. Um von den Wurzeln des Baumes bis zur Spitze des Stammes zu sehen brauchten meine

Augen drei Tage, drei Tage immer nur gucken, gucken, gucken bis ihre Blicke das Ende des Baumes erreicht haben. Umgekehrt ging es schneller. Meine Blicke sausten mit der Blickschwerkraft abwärts. Nach zwei Tagen erreichten meine Augen den Erdboden. Alles sah trostlos aus. Überall eine Fläche, glatt wie eine Eisbahn, jede Falte von der ausgelaufenen Kokosmilch geglättet.
Mikado sah den alten Kapitän grimmig an.

Sie waren es, der die vielen Bananenbäume platt gewalzt hat? Ich hätte es mir denken können. Es gibt nur einen Verrückten, einen einzigen Verrückten hier im Urwald. Warum in aller Welt sind Sie mit ihrem Boot nicht irgendwo auf dem riesigen Meer geblieben. Dort ist Platz genug. Warum mussten Sie ausgerechnet auf meiner Insel landen? Aber wenigstens mögen Sie keine Bananen, das einzig Gute an Ihnen.

Was ist eigentlich mit der Ameise geschehen? wollte der Affe Mikado am Ende wissen.

Ich beschloss, den Baum hinunterzuklettern, begann Schwarzbart seine Antwort. Vorher fragte ich die Ameise, ob sie mich begleiten würde, weil es während dieser Zeit bestimmt genügend Abenteuer zu erleben gäbe, vielleicht auch gefährliche, wo ich ihre Hilfe gut gebrauchen konnte. Die Ameise lehnte ab. Sie sagte, wenn dieser Baum in der Lage ist, seine Früchte zu wechseln, in einem Jahr Bananen und im nächsten Jahr Kokosnüsse zu tragen und in den darauffolgenden Jahren vielleicht noch Früchte, die bisher niemand gesehen hatte, dann könnte es doch auch möglich sein, dass Tiere, die sich auf diesem Baum befanden, ebenso eine wundersame Verwandlung erleben würden. Sie wäre gern einmal in ihrem Leben eine Biene gewesen, um nicht nur über dem dreckigen Boden zu krabbeln und sich jede Minute die Füße waschen zu müssen, sondern durch die herrlich frische und saubere Urwaldluft fliegen zu können. Wenn sie jetzt auf diesem wundersamen Baum verbleiben würde, wäre sie mit Sicherheit in einem Jahr eine solche Biene, die frei wie ein Vogel durch den Urwald summen könnte. Und dann, nach einem Jahr, würde sie wieder auf diesem Baum landen und warten, dass der Baum sie in eine Ameise zurückverwandeln würde. Sie war sich total sicher, dass alles so geschehen würde.

Ich verabschiedete mich von der Ameise, bedankte mich noch einmal bei ihrer Hilfe, nicht bei ihr direkt, es schien mir unter meiner Wasserehre als Kapitän, also bedankte ich mich bei ihrer Hilfe und begab mich langsam auf den

Abstieg. Viele Abenteuer habe ich dabei erlebt, bei einem Abstieg von einem derart hohen Baum erlebt man mehr Abenteuer als auf einer kleinen Insel oder auf einem großen Meer. Und was soll ich Ihnen sagen, auf der halben Strecke des Abstiegs schwirrte eine Biene um mich herum, sie wirkte nicht aggressiv, vielmehr vertraut, als ob wir uns bereits lange kannten. Unglaublich, aber die Verwandlung der Ameise war schneller eingetreten als gedacht. Ich musste mich beeilen, wollte ich nicht als etwas anderes als ein Mensch am Ende vom Abstieg dieses Baumes auf der Erde wieder landen.

Und Ihre Abenteuer?, wollte der Affe Mikado wissen, erzählen Sie von den Abstiegsabenteuern, ich habe noch nie von Abstiegsabenteuern gehört.

Schwarzbart schüttelte den Kopf: Viel habe ich erlebt, mehr als viel, vielfach Vieles, es braucht zu viel Zeit, Ihnen alle Abstiegsabenteuer zu erzählen. Außerdem müssten wir uns in eine Grube setzen, Abstiegsabenteuer kann man nur in einer tiefen Grube erzählen und hören.

Aber davon später, vielleicht beim nächsten Mal, später, einen Baumabstieg später.

7
Die verbüchste Büchse

Sie kennen mein zwölftes Abenteuer noch nicht?
Schwarzbart sah sich um. Mikado war nirgends zu sehen. Wo steckte er? Schwarzbart ging durch die Hütte, öffnete jede Zimmertür und fragte in die Räume hinein:
Sie kennen mein zwölftes Abenteuer noch nicht? Aus keinem Zimmer kam eine Antwort zurück, Mikado blieb wie vom Erdboden verschluckt, Schwarzbart war ratlos. Er war alt, gerade war ihm sein zwölftes Abenteuer wieder eingefallen, er wusste nicht, wie lange es dauerte, bis er es wieder vergessen würde. Er musste Mikado finden, schnell, bevor er die Geschichte wieder vergessen hatte.
Mikado, wo steckst du?
Schwarzbart eilte aufgeregt nach draußen. Auch im Garten keine Spur vom Affen, weit und breit keine Spur, nicht der geringste Hinweis.
Schwarzbart entdeckte eine leere Büchse, die im Gras herumlag. Mikado musste sie irgendwann weggeworfen haben und beim Anblick der Dose kam ihm eine rettende Idee.
Er hob die Büchse auf, lief in den dunklen, fensterlosen Schuppen des Anwesens und machte es sich in einem Sessel bequem. Dann öffnete er den Deckel der Büchse, hielt sie dicht vor seinen Mund

und begann, sein zwölftes Abenteuer hinein zu sprechen.

Nach dem letzten Wort setzte er schnell den Deckel wieder auf die Büchse und trug sie vorsichtig, damit die Wörter nicht durcheinandergerieten, nach draußen. Vorsichtig, als balancierte er Nitroglycerin über eine Eisfläche, schlich er in die Hütte zurück und stellte die Büchse auf dem Tisch ab. Der alte Kapitän kratzte in das Blatt eines Bananenbaums folgenden Hinweis:
Vorsicht! Nicht schütteln. Einfach den Deckel abschrauben und fünf Minuten das Ohr vor die Büchse halten.
Dann platzierte er das beschriebene Blatt neben die Büchse, legte eine Banane dazu, von dessen Duft der Affe sicher bald angelockt werden würde und zog sich in seinen Mittagsschlaf zurück.
Lange schlief er, drei endlose Stunden, träumte von aufgewühlten Meeren, wilden Stürmen, schäumenden Wellen, gewaltigen Eisbergen, riesigen Walfischen, die aufrecht auf ihrer Schwanzflosse über das Meer liefen. Schließlich erwachte Schwarzbart wieder. Sein Blick fiel auf den Tisch. Die Banane war verschwunden, auch das beschriebene Bananenblatt. Der Büchsendeckel lag auf dem Boden, sie war offen, stand aber kopfüber mit der Öffnung nach unten auf der Holzplatte. Daneben lag ein beschriebenes Tabakbaumblatt, auf dem Mikado mit seinen scharfen Fingernägeln in telegrafischem Kurzstil etwas eingeritzt hatte:
Danke für zwölftes Abenteuer - noch mehr Dank für Banane - alles weitere in der Büchse - Vorsicht,

Büchse darf nicht bewegt, nicht angehoben werden - Mikado.

Verflixt, dieser Affe, wie sollte Schwarzbart an den Inhalt der Büchse kommen, ohne sie zu bewegen. Natürlich! Seine Blicke fielen auf einen ausgestopften Schwertfisch, der in einer Glasvitrine stand. Schnell holte ihn Schwarzbart aus der Glasvitrine, kroch unter den Tisch und begann, mit den scharfen Schwertzähnen in die Tischplatte, genau unter der Dose, ein Loch hinein zu sägen. Als er fertig war, legte er sein Ohr an die Öffnung, vielleicht hatte Mikado einige Worte in die Büchse gesprochen.

Doch er hörte die Stimme des Affen nicht. Nur einige Wörter, die von seinem zwölften Abenteuer übriggeblieben waren, fielen aus der Dose in sein Ohr. Dafür strömte ein angenehmer, wohl vertrauter Geruch aus der Dose. Schwarzbart steckte von unten seine Nase in die Büchse, um den Geruch noch besser identifizieren zu können.

Im selben Augenblick löste sich vom Rand eine Prise Schnupftabak und fiel Schwarzbart ins linke Nasenloch. Er musste heftig nießen, so stark, dass die Büchse wie ein Geschoss vom Tisch flog, die Zimmerdecke durchschlug, durch das Dach der Hütte raste, wie ein Pfeil in einen Bananenbaum zischte und eine große Bananenstaude abschoss.

Unter dem Baum hockte der Affe Mikado. Zufrieden verfolgte er den Flug der Blechdose, er hatte alles genau berechnet und brauchte nur noch die heruntergeschossene Bananenstaude aufzufangen.

Das erste Mal, murmelte Mikado, dass mir ein Abenteuer des alten Schwarzbart etwas genutzt hat. Mit diesen Worten verschwand er in seiner Hängematte und begann genüsslich, die 50 Bananen der Staude nacheinander zu verspeisen, bis nur noch ein riesiger Berg Bananenschalen unter der Hängematte übrigblieb. So konnte er wenigstens, während er seinen wohlverdienten Verdauungsschlaf hielt, aus der Hängematte fallen, ohne auf den harten Boden zu landen, er würde weich auf die Bananenschalen fallen und mit seinen Träumen in Gedanken weiter durch seinen Schlaf schweben.

Gewiss würde er vieles erleben, das Schwarzbart, der auch Träume anderer lesen konnte, ihm dann erzählen würde. Aber davon später, dachte Mikado, bestimmt später, wie es Schwarzbart immer zu sagen pflegte, später, vielleicht ein anderes Mal, aber nur vielleicht.

8
Das Loch – Gefüllt mit Nichts

Wissen Sie, sagte Schwarzbart, wissen Sie, wie soll ich es Ihnen erzählen, nein es war kein Abenteuer, was ich erlebt habe, nein, bestimmt nicht, wie soll ich nur von Etwas erzählen, dass nicht war, weniger als nichts, verstehen Sie?
Mikado schüttelte den Kopf. Klang seltsam, was der alte Seekapitän erzählte, man merkte, er wurde wirklich alt.

Sie brauchen mich nicht für dumm zu halten, unterbrach Schwarzbart. Ich bin noch besser drauf als Sie. Mein Segelboot hat einen Mast, dreimal so hoch wie der höchste Baum auf ihrer Insel. Wenn ich zur See fahre, und das kommt oft vor, wie Sie sicher bemerkt haben, klettere ich den Segelmast hoch. Nein, nicht ein Mal. Zu Beginn jeder vollen Stunde, ob Tag oder Nacht, schließlich muss ich Ausschau halten, ob irgendwo neues Land zu entdecken ist. Auf meine alten Tage komme ich schneller auf den nächsten Bananenbaum als Sie.
Mikado schwieg. Plötzlich sagte er:

Gut zu wissen. Ich könnte Sie anstellen. Als Baumklettererbananenpflückerlehrling. Sofort, wenn sie wollen. Jede Stunde pflücken Sie mir *zehn große, gelbe Bananen. Als Lohn gebe ich Ihnen 30 Gramm Banane ab. Ich meine, dürfen Sie sich dreißig Gramm Banane außen von der Schale abkratzen.*

Das ist zu viel, antwortete Schwarzbart, mit einem spöttischen Unterton.

Gut, sagte Mikado. Dann gebe ich Ihnen nur die Schalen. Sie können die Schalen auskratzen und sich davon etwas Leckeres kochen. 30 Gramm sind wirklich zu viel. Recht haben Sie.

Lassen wir das, entgegnete Schwarzbart. Ich wollte Ihnen vom Nichts erzählen. Ich fuhr mit meinem Boot über ein großes Meer, ich erzählte bereits davon, ich war guter Dinge, freute mich an Sonne und Wind und den kleinen Inseln, nicht größer als ein Tablett, die manchmal im Wasser standen, bewachsen von einem einzigen Baum, so dass ich im Vorübergehen ohne Anstrengung mal eben eine Ananas, eine Mango oder anderes pflücken konnte. All die verschiedenen Früchte hingen an ein und demselben Baum. Sehr praktisch, kann ich Ihnen versichern.
Hinter der Kuppe des nächsten Horizonts tauchte plötzlich ein seltsames Land auf. Nie zuvor hatte ich einen derartigen Flecken Erde gesehen. Kein Mensch weit und breit, ich konnte nach oben und unten, nach vorn und links schauen, kein Mensch,

*ich blickte ein halb nach links, ein Viertel und noch ein Viertel nach rechts, nirgends die Spur eines Menschen. Ich war bereits 500 Meter vom Strand entfernt ins Landesinnere gelaufen, als ich ein seltsames, unheimliches Grollen vernahm. Dicht hinter mir. Vielleicht ein Vulkan, dachte ich, ein Vulkan, der im nächsten Moment ausbricht und mich mit einem Gebirge aus 1000 Grad heißer Lava überschüttet. Oder ein Seebeben, ein Erdbeben unter dem Meer, ein riesiges, es würde das gesamte Meer mitsamt meinem Boot verschlucken, ein kleines würde mindestens noch eine 300 Meter hohe Flutwelle erzeugen, die mich fortspülen würde.
Vielleicht ein Gewitter? Brauten sich irgendwo hinter der klaren Sonne schwarze Wolken zusammen, gefüllt nicht mit Regen, sondern Elektrizität für gewaltige Blitze und 1000 Trommeln für einen Donner, der mir das Trommelfell zerschmettern würde. Egal. Intuitiv begann ich zu rennen, immer schneller und länger. Ich traute mich nicht, anzuhalten oder stehenzubleiben. Ein Jahr lang rannte ich, Essen erledigte ich neben her, ich riss Beeren ab und verschlang sie während ich rannte, rannte, rammte (dabei alles Mögliche und auch alles Unmögliche) und rannte, rannte, rannte, rannte, rannte, auch*

schlief ich jeden Tag einige Stunden während des Rennens, meine Füße liefen automatisch und an meine Stirn hatte ich einen Kompass gebunden, um während des Schlafes nicht noch gegen einen weiteren Baum zu laufen. Nach einer langen Zeit konnte ich einfach nicht mehr.

Als ich anhielt, traute ich meinen Augen nicht. Alles um mich herum war leer. Es gab nichts mehr, keine Pflanzen, keine Tiere, kein Land, keine Luft zum Atmen, keine Sonne, keine Wolken, überall war nichts, es gab auch keine Gedanken, keine Gefühle mehr, keine Erinnerungen, ich war im Nichts gelandet.

Gleich begriff ich, was passiert war. Ich war so schnell gelaufen, dass ich der Zeit weggerannt war, ich war an einer Stelle, wo die Zeit noch nie gewesen war und deshalb bestand alles nicht, alles bestand aus Nichts. Wegen meiner Angst war ich schneller als die Zeit gelaufen und stand nun im Nichts.

Das Grollen näherte sich wieder, weil ich stehengeblieben war. Furchtsam drehte ich mich um. Mit weit aufgerissenen Augen erkannte ich eine gewaltige Kugel, die auf mich zurollte. Es war die Zeit. Eine gewaltige Kugel, nie zuvor habe ich Vergleichbares gesehen. Mit letzter Kraft sprang ich in eine kleine Kuhle, im nächsten Moment rollte *die gewaltige Kugel über mich hinweg, direkt über das Loch, in das ich mich gerettet hatte. Ich kam gerade noch dazu, von unten ein großes Stück aus der Zeit herauszureißen. Schließlich wollte ich noch ein paar Jahre auf diesem schönen Globus weiterleben.*

Was haben Sie mit dem Stück gemacht?, fragte Mikado.

Aufbewahrt. In einer goldenen Truhe. Das goldene Zeitstück glänzt wie ein Blitz. Niemand kann an die Truhe heran, ohne für immer geblendet, blind zu werden vom Glanz des Goldes.

Und Sie? Wie kommen Sie heran?

Ich besitze einen alten Schildkrötenpanzer. Eine Schildkröte hat ihn mir vermacht, kurz bevor sie hochbetagt gestorben ist. Ich halte ihn wie eine Maske vor mein Gesicht und taste mich bis zur Goldtruhe vor. Dann hole ich mir ein großes Stück Zeit heraus, immer dann, wenn ich wieder eine Reise unternehmen will.

Mikado sah Schwarzbart an:

Könnten Sie mir, begann der etwas verlegen, könnten Sie mir ein Stück Zeit nächstes Mal mitbringen?

Wozu?, fragte Schwarzbart zurück.

Halten Sie mich nicht für dumm, aber mit einem Stück Zeit, ich meine, wenn ich ein Stück Zeit von

Ihnen mitgebracht bekomme, ich könnte mehr Bananen in meinem Leben essen, verstehen Sie?

Und als Dank mir die Bananenschalen auf den Kopf werfen, spöttelte Schwarzbart zurück. Für diesen Wunsch sollten Sie sich schämen, ein klitzebisschen, wenigstens ein klitzekleines bisschen.

Außerdem, alles lässt sich verschenken, alles bis auf die Zeit. Wenn Sie von ihrer Zeit etwas verschenken, hinterlässt das irgendwo in Ihnen ein kleines Loch, Sie können es nicht sehen, aber glauben Sie mir, es hinterlässt ein kleines Loch in Ihnen. Ich hatte früher viel von meiner Zeit verschenkt, und plötzlich wurde mir klar, als ich den Klumpen Zeit in der Hand hielt, dass ich nun eine Möglichkeit besaß, all die kleinen Löcher in mir damit zu stopfen. Ich weiß nicht, ob neue Löcher entstehen werden, Sie müssen entschuldigen, ich kann Ihnen von der Zeit nichts schenken, denken Sie nur, es entsteht ein neues Loch, vielleicht ausgerechnet in meinem Mund, ich könnte Ihnen nie mehr eine Geschichte erzählen, wenn ich nicht einen Rest von dem Zeitklumpen aufbewahren würde, um das Loch direkt in meinem Mund zu stopfen, verstehen Sie...

Lassen Sie nur, unterbrach Mikado, ich gehe jetzt schlafen, im Schlaf ist alles möglich, im

Traum sowieso, ich werde von der Zeit träumen, und die Zeit träumt vom Schlaf, und dann werde ich aus dem Traum, aus dem Schlaf, mir ein großes Stück Zeit, größer als ihr Zeitbrocken, mitbringen.

9
Die geperlte Hand

Sie kennen mein 17. Abenteuer noch nicht!!!
Schwarzbart sagte es als Feststellung, nicht als Frage, schließlich war es das letzte Abenteuer der Trilogie, Mikado konnte es nicht kennen. Endlich war das dritte Abenteuer der Trilogie wieder aufgetaucht. Im Kopf des alten Seebären steckten so viele Dinge, dass nicht mal er selbst wusste, was wann wie warum und wo wieder zum Vorschein kam, aus einer der Schubladen seines Kopfes heraussprang, auf der alten dicken Seebärenzunge landete und von dort nach draußen hüpfte.

Ich war auf dem Weg zu einem Arzt, mir die Hand heilen zu lassen. Sie erinnern sich, ich sprach davon, dass sich die Wunde kaum noch schloss, weil sich immer wieder eine neue Perle unter der Haut bildete. An der Stelle, wo mich die Perlenmuschel gebissen hatte, also auf meiner Perlenmuschelbissnarbe. Auf der Straße begegnete ich zwei Polizisten der Eingeborenen, es war üblich, sich zu begrüßen, in dem man die eigene rechte Hand unter das Kinn des anderen legte. Instinktiv führte ich den Gruß aus. Was war los? Ich musste etwas verkehrt gemacht haben, jedenfalls sah mich der begrüßte Polizist auf einmal böse an. Im selben Augenblick drehte er meine Hände auf den Rücken, legte mir goldene Handschellen um und führte mich ohne Begründung ab.

Uschukalup, lapintralap, akulibatas!

Wie bitte?, unterbrach Mikado, ich verstehe Sie nicht.

Ich verstand auch nicht, erwiderte Schwarzbart, es waren jedenfalls die Worte, die er sprach, nie werde ich sie vergessen. Später erfuhr ich den Grund meiner Verhaftung. Der Polizist hatte die Perle unter der Haut meines Handrückens gesehen, als ich den Gruß ausführte, und schlussfolgerte nun bestimmt, dass ich Perlen gestohlen und nun auf diese Weise von der Insel schmuggeln wollte. Manche schmuggeln Dinge, indem sie ihren eigenen Körper als Koffer benutzen, ein Kofferkörper oder so ähnlich im Inselpolizeijargon. Darauf stand die Todesstrafe. Im Ernst, die Todesstrafe. Vorerst wurde ich in einen Kerker gebracht, wo mir kärgliche Nahrung für vier Wochen hingestellt wurde. Die Polizisten ließen mich allein zurück, tagelang, wochenlang sah und hörte ich keine Menschenseele.
Eines Nachts vernahm ich ein leises Klopfen, erst schwach und unregelmäßig, dann immer lauter werdend.
Irgendjemand musste im anderen Kerkerraum sein. Sofort antwortete ich mit Morsezeichen und bald entstand eine lebhafte Klopfverständigung. Wir beide, der Fremde und ich, beschlossen, ein Loch in die Wand hinein zu kratzen, mit unseren Fingernägeln, etwas anderes besaßen wir nicht. Tagelang kratzten wir, bis die Nägel abgewetzt waren, dann machten wir mit den Zehnägeln weiter, währenddessen konnte der Fingernagel, konnten alle Fingernägel, nachwachsen.

Diesen Rhythmus behielten wir bei, bis wir endlich eine armdicke Öffnung in die Wand gebohrt hatten. Wir schauten beide durch das Loch, mehr als die Augen konnte ich vom Fremden nicht erkennen. Ich erzählte ihm vom Grund meiner Verhaftung, mit jedem Wort wuchs sein Interesse an meiner Erzählung. Am Ende tröstete er mich, meine Heilung sei kein Problem, er, ein weltbekannter Hypnotiseur, konnte meine Hand in kürzester Zeit vom Perlenspuk befreien.

Wie wollen Sie mich hypnotisieren?, fragte ich, die Öffnung ist zu schmal, um zu Ihnen hinüberzugelangen.

Ich brauche nur Ihre Hand, erwiderte der Fremde. Nur Ihre Hand werde ich hypnotisieren, Sie werden sehen.

Mit einem mulmigen Gefühl steckte ich meinen Arm durch die Öffnung. Kaum war sie an der anderen Seite angelangt, merkte ich, wie der Fremde nach ihr griff. Er fesselte meine Hand mit einem starken Strick und fixierte sie an einen Haken.

Was machen Sie?, schrie ich.

Der Fremde lachte. Ihre Hand ist ein Huhn, das goldene Eier legt. Wenn ich in einem Jahr aus dem Kerker komme, habe ich mindestens 50 Perlen aus ihrer Hand geholt. Was für eine sagenhafte Aussicht: Nichts tun und dabei steinreich, Pardon perlenreich, wir wollen doch handkorrekt bleiben oder besser zungenkorrekt, schließlich kommen die Wörter von der Zunge, werden.

Dann müssen Sie schon kopfkorrekt sagen, letztendlich werden die Wörter im Kopf geboren. Nicht auf der Zunge und nicht auf der Hand, verbesserte ich ihn. Deshalb werden die meisten Menschen zuerst mit dem Kopf geboren. Weil die Babys als erstes, wenn sie geboren werden, schreien. Niemand versteht dieses Geheimnis. Keiner hat den Babys etwas getan, aber kaum sind sie auf der Welt, schreien sie einen an. Ein seltsames Benehmen. Leider versteht niemand diese Schreisprache.

Versuchen Sie nicht abzulenken, unterbrach mich der Fremde. Und in Zukunft dürfen Sie sowieso nur noch Wörter denken oder sprechen, die dazu führen, dass die Perlen in Ihrer Hand schneller wachsen. Egal, wo die Worte geboren werden. Hauptsache sie helfen den Perlen, schneller zu wachsen. Ab heute sind Sie, jedenfalls für mich, ein Perlenhühnerhahn.

Der Fremde hatte mich böse reingelegt. Tagelang musste ich in dieser merkwürdigen Stellung verbringen.

Sie müssen mich losbinden, rief ich eines Morgens flehend dem Fremden zu, es ist mir peinlich, aber ich muss etwas Dringendes erledigen. Der Fremde hatte ein Einsehen. Er löste das Seil, ersetzte es durch eine Kette und gestattete mir, den Arm zurückzuziehen. Da er aber meinen Arm an eine Kette gebunden hatte, konnte er, wann immer es ihm beliebte, meine Hand durch die enge Öffnung zu sich herüberziehen, um nachzusehen, ob sich bereits eine neue Perle gebildet hatte. Wissen Sie, ich bereiste einmal ein Land, dort erzählte man sich die Geschichte von zwei Kindern, die von einer Hexe gefangen wurden und jeden Tag der blinden Alten die Hand entgegenstrecken mussten, damit sie feststellen konnte, ob ihre Opfer schon fett genug waren. Verstehen Sie, so in etwa kam ich mir vor.

Das kann ich verstehen, warf Mikado ein. Wissen Sie, wie mein Großvater gefangen wurde? Fremde stellten eine Kiste auf mit einer winzigen Öffnung, durch die gerade ein Arm passte. In der Kiste lag eine Nuss und mein Großvater schlich sich nachts an die Kiste, um die Nuss herauszuholen. Doch dann bekam er seine Faust nicht mehr aus der Kiste, die Fremden sprangen hinter den Bäumen hervor und verschleppten ihn.

Ich habe davon gehört, erwiderte Schwarzbart, mein Schicksal ist aber viel schlimmer gewesen. Stellen Sie sich einmal vor, Sie sind in einem Raum eingesperrt und jeden Moment, Sie wissen nie, wann genau, kann jemand ihren Arm durch eine Öffnung in einen dunklen Raum ziehen und Sie wagen es nicht, sich vorzustellen, was er mit Ihrer Hand anstellen wird.

Schlimm ist schlimm, entgegnete Mikado, dass Schicksal meines Großvaters war schlimm, ihres war schlimm, es ist egal, mehr als schlimm kann etwas nicht sein.

Schwarzbart schwieg.

Wie sind Sie eigentlich freigekommen?, fragte Mikado. Sie sind doch freigekommen, sonst stünden Sie jetzt nicht vor mir.

Ein Tsunami, stotterte Schwarzbart, ein Tsunami. Eines Tages zog der Fremde wieder meinen Arm durch das Loch und begann, hämisch zu lachen. In meiner Hand hatte sich die erste Perle gebildet, ich spürte, wie er das Messer anlegte, um sie unter der Haut hervorzuholen. Plötzlich gab es ein gewaltiges Beben, es ereignete sich unter dem Meeresboden und löste eine 100 m hohe Flutwelle aus. Die Wassermassen rissen die Festung fort. Als ich aufwachte, befand ich mich auf meinem Boot. Vom Fremden keine Spur mehr. Am Arm hing noch ein Rest der Kette. Und von der goldenen Insel gab es keine Spur mehr, sie war verschwunden, vom Erdboden verschluckt, mit all ihren Bewohnern. Wer weiß, vielleicht leben sie jetzt unter der Erde und suchen dort weiter nach Perlen.

Perlen unter der Erde?, fragte Mikado zugleich irritiert und neugierig. Wenn es unter der Erde Perlen gibt, dann müssen auch Bananenbäume unter der Erde wachsen. Wissen Sie darüber mehr?

Und ob, erwiderte Schwarzbart. Ich bin in die Tiefe der Erde gereist, was ich dort erlebte, würden Sie sowieso nicht glauben.
Vielleicht doch, aber davon später, vielleicht, denn das ist wieder eine ganz andere Geschichte, eine dunkle Geschichte, 1000 Meter dunkel unter der Erde.

Sie sehen nichts, dunkel nach oben, dunkel nach links, dunkel nach rechts, dunkel nach vorne und dunkel nach hinten; nur nach unten wird es mit jedem Meter tiefer einen Hauch rötlich heller.
Es gibt eine sehr einfache Erklärung, die Vulkane haben es uns beigebracht. In der Mitte der Erde befindet sich eine flüssige Glutmasse. Beim Vulkan tritt sie manchmal an die Oberfläche und je tiefer sie sich in die Erde hineinbohren, desto mehr können Sie diesen roten Glutschimmer erahnen, der durch die darüberliegenden Gesteinsschichten schimmert.
Wissen Sie, man muss immer auf Nummer sicher gehen, am besten alles doppelt haben. Einen zweiten Geburtstag, falls der eine verloren geht, eine zweite Schere, falls eine verloren geht, eine zweite Zunge (deshalb haben manche unter der Hauptzunge die zweite Zunge als böse Zunge darunter versteckt oder einige haben beide Zungen zum Teil zusammengeklebt und leben mit einer gespaltenen Zunge), ach, noch stundenlang könnte ich Ihnen solche zweite Sicherheit herunterbeten. Manche haben mit einem zweiten Leben vorgesorgt, Katzen sogar mit sieben Leben. Bei der Erde ist es genauso. Der Ofen der Erde ist die Sonne. Und der große Schöpfer, der die Erde erschaffen hat, hat in der Erde ganz tief in der Mitte einen zweiten Ofen eingesetzt, falls die Sonne mal ausfällt oder Sonne und Erde sich streiten und die Sonne der Erde keine Wärme mehr länger liefern möchte.

Sehen Sie, wenn ich schlafen gehe, nehme ich mir immer einen zweiten Ersatztraum mit. Es kommt sehr oft vor, dass beim Traum der Motor nicht anspringt. Kein Problem, dann schalte ich einfach den Motor des zweiten, des Ersatztraumes ein. Aber davon eventuell beim zweiten Vielleicht, man muss immer auf Nummer sicher gehen, auch beim Vielleicht mit einem zweiten Vielleicht, vielleicht wird dadurch alles leichter, viel leicht, leicht wird es dadurch viel leichter, vielleicht, auf jeden Fall vielleicht auch viel sicherer, viel schwerer, wie meine Augen, die von der Schlafschwerkraft langsam nach unten gezogen werden und meinen Blicken entschwinden.

Sind Ihren Blicken schon einmal die eigenen Augen abhandengekommen? Ich meine nicht den Augenblicken, ich meine Ihren einfachen Blicken. Fragen Sie nicht, woher die normalen Blicke kommen, sie sind einfach da, ich könnte Ihnen nur verraten, woher die Augenblicke kommen, woher die Aug....

Endlich war der alte Seebär eingeschlafen, zumindest seine Augenblicke, vielleicht auch seine Blicke, bestimmt aber seine Schlafblicke, denn alles, selbst die Blicke, selbst die Augenblicke, alles wurde von der geheimnisvollen unsichtbaren Schwerkraft nach unten, in den Schlaf, gezogen.

10
Gefangen in der endlosen Spiegelwelt

Vor fünf Jahren fuhr ich wieder einmal übers Wasser, mit meinem Boot natürlich. Man kann mit einem Boot nichts anderes machen, als übers Wasser zu fahren. Sie können es nicht essen, können damit nicht malen, etwas wegradieren, einem anderen eine Ohrfeige damit geben. Überlegen Sie sich gut, ob Sie sich jemals ein Boot kaufen, es lässt sich damit nichts anstellen, außer übers Wasser zu fahren. Da ich keinen Plan hatte, beschloss ich, mich 24 Stunden aufs Ohr zu legen und es dem Boot zu überlassen, wohin es fuhr. Wenigstens dadurch würde Bootfahren etwas spannender. Nach 24 Stunden, null Minuten, null Sekunden und null Augenblicken wachte ich auf – ich bin nämlich im Aufwecken besser als jeder Wecker. Jeden Tag erhalte ich Briefe von Weckern aus der ganzen Welt mit der Bitte, ihnen zu verraten, wie sie auch so gut im Aufwecken werden können wie ich. Aber bisher habe ich ihnen nur den Trick mit dem Eimer kalten Wasser verraten.

Verwundert sah ich mich um. Das Wasser war glatt, glatt wie ein Spiegel, der Himmel glänzte, war glatt und glänzend wie ein Spiegel, die Bäume am Ufer waren mit einer glatten silbernen spiegelnden Schicht überzogen, die Berge, das Land, alles war glatt und glänzte, alles war wie ein riesiger Spiegel. Erst jetzt bemerkte ich, dass ich mir millionenfach gegenüberstand. Es war gewissermaßen ein optisches Echo. Aber nicht das gesprochene Wort, sondern mein gespiegeltes Bild hallte millionenfach zwischen all den Gegenständen um mich herum. Plötzlich kam mir eine Idee. Ich griff in meiner Tasche und holte eine goldene Münze hervor. Dann griff ich in das nächst beste Spiegelbild – Sie werden es nicht glauben, ich konnte die gespiegelte Münze herausnehmen und besaß auf einmal zwei Goldmünzen. Links, rechts, oben, unten, überall sah ich die gespiegelte Münze und konnte sie wie einen Apfel pflücken. Bald besaß ich 10 Millionen Münzen. Mein Schiff konnte sie kaum noch tragen. Sorgfältig bedeckte ich den riesigen Berg Goldmünzen, nicht auszudenken, wenn sich alle weiter spiegeln würden. Mein Leben hätte nicht ausgereicht, um alle einzusammeln. Dann hielt ich meinen Kamm in die Höhe. Sofort

erschien er millionenfach in sämtlichen Spiegeln. Ich zählte alle meine Haare und pflückte für jedes Haar einen Kamm. Wenn ich mich kämme, wird seitdem jedes Haar mit seinem eigenen Kamm gekämmt. Außerdem vergessen Sie jedes Haarwuchsmittel, pardon, ich meine Fellwuchsmittel, ein Spiegel hilft viel besser, wie genau muss ich nicht mehr erklären. Zeigen Sie mir jemanden auf der Welt, dessen Haare es so gut haben, ihren eigenen Kamm zu besitzen, unterschiedlich, je nach Länge, Dicke und Graufärbung der Haare, für letztere gab es extra schwarze Kämme. Aber lassen wir das, ich halte hier keinen Vortrag für Friseure. Sie können mir ja auch nicht zwei Menschen zeigen, die gleichzeitig von ein und demselben Löffel essen. Warum sollte es meinem Haar schlechter als meinem Mund ergehen. Wie gesagt, seitdem wird jedes Haar jeden Tag mit einem anderen Kamm gekämmt, ich führe darüber eine Liste. Aber lassen wir das. Leider muss ich jetzt von etwas Schrecklichem berichten.
Nachdem ich alle meine Kämme eingesammelt habe – natürlich noch einige mehr, falls mir später neue Haare wachsen würden, man kann ja nie wissen – fand ich mein Boot nicht mehr. Welches war das richtige. Alle sahen gleich aus.

Mir kam das Gefühl, dass es gefährlich war, auf das verkehrte Boot zu steigen. Meine Ahnung täuschte mich nicht. Das erste Boot, auf das ich stieg, verwandelte sich sofort in ein 10 m langes Krokodil. Ich stand auf der Schnauze eines 10 m langen Krokodils, mit einer Million Kämmen in der Hand. Wie verrückt sprang ich weiter, landete auf ein nächstes Boot, das sich augenblicklich in einen gewaltigen Löwen verwandelte.

Panikartig sprang ich auf den Boden, sah nur noch, wie der Löwe dem Krokodil oder umgekehrt, ach ich weiß es nicht mehr, hinterherjagte.

Ich musste mein richtiges Boot finden. Vielleicht am Geruch, mein Boot musste doch anders riechen als die Spiegelbilder. Irrtum! Auch der Geruch spiegelte sich, gespiegelter Geruch riecht genauso, falls Sie es noch nicht wussten. Keine Chance, daran mein Boot zu erkennen. Worte, natürlich, nur mein Boot konnte sprechen. Ich ging zum erstbesten Boot, streichelte es und sagte: Meine gute Lusitannia. Im nächsten Moment löste sich eine Holzplanke, verwandelte sich in einen Arm und versetzte mir eine gepfefferte Holzfeige, ich meine Ohrfeige, genaugenommen Ohrholzfeige. Die anderen Boote grinsten. Millionenfach hörte ich:

Na meine gute Lusitannia!

Dann wieder das millionenfache Gelächter.

Zum Glück kam mir eine letzte und hoffentlich rettende Idee. Mein Boot hatte schreckliche Angst vor Kraken. Riesige Kraken können nämlich Boote auf den Meeresgrund hinabzerren. Ich ahmte den Schrei einer Krake nach, sofort begann ein Boot, nur ein einziges, heftiger als Espenlaub zu zittern und fuhr davon. Wie ein Rennläufer stürzte ich hinterher und erreichte es noch, bevor es das Spiegelland verließ.

Der erste Tag der Heimreise war angenehm. Am zweiten Tag passierte erneut etwas Seltsames. Ich wurde nachts wach, deutlich hörte ich Schritte in meiner Kajüte. Hastig griff ich zur Öllampe. Ich traute meinen Augen nicht, ich war nicht allein, direkt vor mir stand, Sie werden es nicht glauben, direkt vor mir stand ich selbst. Wie benommen stürzte ich aufs Deck, am Ruder, kein Zweifel, ich sah mich am Ruder stehen, obwohl ich doch erst am Ende der Treppe angelangt war. Verwirrt stürzte ich in die Küche, ich hörte, dass jemand am Herd brutzelte, als ich hinsah, erkannte ich mich selbst. Dann stürzte ich ins Badezimmer, vor dem Spiegel stand eine Person und wollte sich gerade den Bart abrasieren. Ich sah mich selbst, doch nie würde ich mir den Bart rasieren. Erst jetzt verstand ich. Bevor ich das Spiegelland verlassen hatte, waren einige von meinen Spiegelbildern auf mein Boot geschlichen, um mit mir das unheimliche Land zu verlassen. Das Boot steckte voller Schwarzbarts. Es war eine schlimme Zeit, der eine wollte sich den Bart abrasieren, ich wollte es nicht, der nächste wollte nur den halben Bart abrasieren, zwei Stunden musste ich mit ihnen diskutieren, bevor die anderen nachgaben, das heißt, wir uns auf das Abrasieren eines tausendstel Barts in hundert Jahren einigten.

Der Schwarzbart in der Küche briet Kartoffeln mit Speck, ich hasse Speck, wie ich ihn vom Gegenteil überredet habe, weiß ich bis heute nicht. Fragen Sie mich bitte nicht, was das Gegenteil von Speck ist, ich habe es vergessen. Vielleicht war es der Nichtspeck, aber ich habe es wohl vergessen.

Wie sind Sie die anderen losgeworden?, fragte Mikado.

Schwierig, sage ich Ihnen, werden Sie mal sich selbst los. Doch ich hatte eine Idee. Ich hatte einen Spiegel und malte mich darauf, allerdings mit einem hässlichen Gesicht.

Also naturgetreu, warf Mikado ein.

Ich werde Ihnen helfen, erboste sich Schwarzbart. Jedenfalls, überall wo ich mir begegnete, das heißt, einem von meinen Spiegelbildern, hielt ich diesem einfach den Spiegel hin. Voller Entsetzen sprangen sie danach ins Wasser und kehrten nicht mehr zurück. Wahrscheinlich sind sie ins Spiegelland zurückgeschwommen.

Mikado hielt Schwarzbart eine Banane hin.

Wenn Sie noch einmal in dieses Land fahren, könnten Sie nicht eine Banane hochhalten und aus den Spiegeln die Bananen pflücken. Gespiegelte Bananen, nie habe ich derartiges gegessen.

Könnte ich, erwiderte Schwarzbart, wenn Sie vorhin netter gewesen wären. Aber so, ich muss es mir erst einmal überlegen, ich meine nachspiegeln, äh ich meine nachdenken, lange, sehr lange überlegen, und dann werde ich Ihnen meine gespiegelte Antwort zukommen lassen.

Aber davon später, einen Spiegelaugenblick später. Haben Sie schon einmal bemerkt, dass, wenn Sie sich in einen Spiegel stellen, Ihr Bild nicht sofort zu sehen ist, es braucht den Bruchteil einer Sekunde, bis ihr Spiegelbild auftaucht. Es muss nämlich erst einmal in den Spiegel flitzen, von dort, wo sie sich hingestellt haben bis in den Spiegel ist es ein Weg, wenn auch ein kurzer Weg, aber deshalb erscheint ein Spiegelbild nie sofort im Spiegel, wenn Sie sich davorstellen. Probieren Sie es einmal aus, aber bitte nicht abends, wenn Sie müde sind, morgens oder am Tag, Sie müssen hellwach sein, um diesen winzigen Augenblick zu erfassen. Hellwach, wie ich bereits ein langes Leben lang bin, aber davon wissen Sie wahrscheinlich wenig, oder glauben Sie, ich hätte nie bemerkt, wie Sie bewusst einen Teil meiner Abenteuer verschlafen hätten?

11
Blumiges Abenteuer
oder:
Viel Geld für nix

Sie kennen mein Abenteuer noch nicht?
Mikado sah Schwarzbart an.
Ihr Abenteuer, fragte er zurück, welches meinen Sie, das erste oder das 1000., welches Abenteuer meinen Sie?
Sie verstehen mich nicht, antwortete Schwarzbart. Ich spreche von meinem Abenteuer. Es hat keine Zahl, keine Nummer, es ist mein Abenteuer. Verstehen Sie?
Der Affe schüttelte den Kopf.
Ich verstehe überhaupt nicht. Aber wenn es das letzte Abenteuer ist, soll es mir recht sein.
Das letzte, unterbrach Schwarzbart etwas erbost. Ich sagte ihnen doch, es hat keine Nummer, keine Zahl und das letzte ist eine Zahl nach der vorletzten Zahl, die es gibt. Aber egal, Sie verstehen sowieso nur etwas von Bananen und nichts von höherer, letzter Mathematik, höhere Mathematik, die ist so hoch, dass man mit seinen Gedanken bis zur letzten Zahl klettern muss.
Klettern, ja klettern, so fing alles an. Ich stand auf einer Leiter, um einige Butterblumen zu pflücken, als mich ein Pfeil traf, genau ins Herz, ein unsichtbarer Pfeil, ja so war es, genau ins Herz. Im selben Moment wusste ich:

Das Mädchen, das ich als nächstes sehe, würde eine besondere Rolle in meinem Leben spielen.

Aus Angst verband ich mir die Augen und lief so zwei Tage herum. Laufen sie einmal zwei Tage blind durch die Gegend. Schließlich hatte ich die Nase voll und riss mir das Tuch von den Augen. Sicherheitshalber blickte ich nach oben, vom Himmel konnte mir kein Mädchen entgegenkommen.

Alles Gute kommt von oben, unterbrach Mikado, was meinen Sie, warum Bananen so hoch oben an den Bäumen wachsen.

Mag sein, fuhr Schwarzbart fort, jedenfalls konnte ich nach einer Stunde den Kopf nicht mehr hochhalten und blickte geradeaus. Im selben Augenblick tauchte ein Mädchen hinter der nächsten Ecke auf, nicht ein Mädchen, genau das Mädchen aus meiner Schulklasse, ich war damals zehn Jahre alt, das ich am wenigsten mochte. Seltsamerweise pickte der Pfeil in meinem Herzen sehr heftig, dass ich meinte, er würde am Rücken wieder herauskommen. Irgendwie, er steckte doch in meinem Herzen, musste er dort ein großes Loch hineingerissen haben, durch das sich das Blut in meiner gesamten Haut verteilte. Meine Haut glühte wie im Ofen und mein Gesicht, es war eine Verkehrsampel auf Dauerrot.
Ich stotterte einen halben Satz zusammen, Morgen, Mauer – dann – vier – Uhr, an der – Eisdiele und rannte weg.
Zuhause brauchte ich eine Weile, bis mein Kopf wieder klar wurde. Mit zittrigen Händen

nahm ich ein Lexikon zur Hand und schlug den Buchstaben V *auf:*

Verliebt sein: ein vorübergehender Zustand, der unterschiedlich lange andauert und eine Person in einen seltsamen Zustand versetzt, den man gewissermaßen mit Blindheit vergleichen kann.

Ach so, sagte ich, verstanden hatte ich nichts, verstehen Sie einmal mit 10 *Jahren einen Lexikonartikel über verliebt sein. Unter dem Stichwort stand die Anmerkung:* siehe auch unter Rendezvous.

So stand es jedenfalls im Lexikon. Deshalb schlug ich den Buchstaben R *auf:*

Rendezvous: Treffen zweier Menschen, die sich mögen... Ein Mann bringt dabei ein Geschenk mit oder Blumen, zum Beispiel rote Rosen, eine Frau braucht zum Rendezvous kein Geschenk mitzunehmen.

Verflixt!, stöhnte ich, wer hatte sich denn diese einseitige Regel einfallen lassen.

Am nächsten Tag machte ich mich um 12:00 Uhr auf den Weg. Vorher hatte ich meine Sparbüchse geknackt und von der Hälfte des Geldes eine Kette aus Platin gekauft. Als nächstes lief ich zu einem Blumengeschäft. Ich legte das restliche Geld auf den Tisch und sagte: So viel Kilogramm Blumen bitte wie möglich. Die Verkäuferin sah mich an, ich muss wohl wieder ein rotes Gesicht bekommen haben und das inspirierte sie wohl, mir einen Strauß roter Rosen zu binden. Sie legte die Blumen auf die Waage, zum Glück reichte das restliche Geld gerade. Ich bedankte mich und steckte diesen Blumenstrauß unter meine Jacke, mit roten Rosen durch die Gegend zu laufen, das wäre zu viel verlangt. Mittlerweile war die Zeit knapp geworden und ich beschloss, den Bus zu nehmen anstatt wieder zu laufen. Vor dem Einsteigen musste ich einen Fahrschein aus der Jacke holen, so nahm das Schicksal seinen Lauf. Beim Suchen fiel mir die Platinkette aus der Tasche, unglücklicherweise in einen Gully, so ein Mist, sie war für immer in einem schwarzen Loch verschwunden.

Ich wollte sie noch auffangen, verhedderte mich dabei aber in den Rosen, wobei sich ein großer Stachel in meine Hand bohrte. Blut spritzt heraus. Vor Schmerz ließ ich die Blumen fallen. Der Busfahrer hatte keine Geduld mehr, er schloss die Türen und fuhr los. Dabei rollte er den Rosenstrauß platt, er sah aus wie ein plattgewalztes Papier mit roten Klecksen. Kurz darauf gab es einen Knall, die Stacheln der Rosen hatten sich in den Busreifen gebohrt und nun war der erste mit lautem Getöse geplatzt. Abrupt blieb der Bus stehen. Fahrer und alle Insassen stürmten heraus und beschimpften mich unfreundlich. Sie verlangten, dass ich den Bus jetzt schieben müsse.

*Ich rannte fort, Richtung Eisdiele. Ich kam an, völlig außer Atem, vom Mädchen keine Spur. Nachdem ich eine Weile gewartet hatte, fragte ich den Verkäufer. Ein Mädchen, auf das meine Beschreibung passte, sei vor einer Stunde hier gewesen, habe etwas gewartet und sei dann mit einer Freundin, die sich wohl auf der anderen Straßenseite versteckt hielt, laut kichernd fortgegangen.
Wie benommen trottete ich nach Hause. Dass ein Lastwagen vorbeikam, durch eine Pfütze jagte und mich von oben bis unten mit Dreck bespritzte, spielte schon keine Rolle mehr.
Schwarzbart schwieg.*

  *Ist das alles?, fragte Mikado, ich dachte, Sie wollten mir von einem Abenteuer erzählen.
Schwarzbart griff in die Tasche und legte zwei Münzen auf den Tisch. Gibt es ein größeres Abenteuer als die Liebe? Ein teurer Abend, eben ein Abend teuer, murmelte er. Wissen Sie Mikado, Abenteuer muss man sich verdienen, kaufen Sie sich von den zwei Geldstücken ein Buch und lesen Sie von Abenteuern. Die Welt ist voll davon und noch mehr stehen in den Büchern. Verstehen Sie, in den Büchern, nicht etwa auf Bananenschalen eingraviert.
Mit diesen Worten verschwand Schwarzbart, vorläufig, vielleicht für immer.
Mikado blickte auf die Münzen: Buch oder Banane, beides find mit B an, der Anfang hilf*

ihm nicht, was sollte er kaufen, Banane oder Buch, Buch oder Banane?

Es war Abend geworden, ein teurer Abend, für Schwarzbart, eben ein Abendteuer. Für ihn, für Mikado, hatten sich die Abende teuer gelohnt: zwei Geldstücke für ungefähr 20mal so tun, als ob man zuhört, kein schlechtes Geschäft oder doch?

Der Affe Mikado würde es in seinem Leben noch erfahren, mit den Abendteuern und mit den Abenteuern, mit beiden war es wie mit dem Schlafengehen, mal kamen sie, mal kamen sie verspätet, mal kamen sie, wenn man sie nicht gebrauchen konnte, aber irgendwann kamen sie immer, vielleicht auch würde der alte Kapitän zurückkommen, vielleicht, die Abenteuer auf dem weißen Papier würden es zeigen.

12
Springende Erdperlen

Wissen Sie, sagte Schwarzbart, - er war also doch zurückgekehrt -, vor vielen Jahren bin ich auf einer einsamen Insel gestrandet. Ich brauche Ihnen eigentlich nicht zu erzählen, dass ich schon eine Stunde nach meiner Ankunft durch einen puren Zufall eine riesige Schatztruhe fand.
Wie?
Wenn Sie es unbedingt wissen wollen. Ein unbändiger Hunger trieb mich über die Insel. Zwei Fische waren das Einzige, was ich besaß, ich hatte sie gestern mit meiner letzten Angel gefangen, bevor ein Sturm alles vernichtete: mein Boot, meine Ausrüstung, meine Angeln, alles außer mein Leben. Ich sammelte altes Treibholz und entzündete ein kleines Lagerfeuer, um die Fische zu braten.
Auf einmal gab es einen kurzen Knall und mir sprang eine winzige Kugel ins Gesicht, eine Kugel wie Glas. Zuerst dachte ich, es sei das Auge eines der gebratenen Fische. Doch immer mehr dieser seltsamen Kugeln sprangen aus dem Boden, so viele Augen konnte ein Fisch nicht haben. Hastig löschte ich das Feuer, schob das

angekokelte Holz zur Seite und grub ein Loch in die Erde.

Kurz darauf stieß ich auf eine alte Schatztruhe. Der Holzdeckel war vermodert. Durch mein Feuer waren die wertvollen Perlen aus der Schatztruhe stark erhitzt worden, dass sie wie Frösche aus dem Boden sprangen. Zwischen den Perlen fand ich einen alten Brief. Er stammte von einem Seeräuber. Eilig überflog ich die Zeilen, zum Glück waren sie in meiner Muttersprache, aber auch jede andere Sprache wäre kein Problem, ich habe alle Länder dieser Erde bereist und dabei erlernt man alle Sprachen dieser Welt.

Am Ende des Briefes durchfuhr mich ein gewaltiger Schreck. In sechs Monaten wollte der Pirat zurückkommen, den Schatz zu holen. Ich musste ihn verstecken und am besten mich dazu. Doch leider machte ich eine furchtbare Entdeckung. Der Pirat hatte alle Steine und Höhlen und auch alle Pflanzen auf der Insel entfernt. Überall, wo jemand etwas verstecken konnte, hatte er die Natur dem Erdboden gleich gemacht. Wahrscheinlich wollte er verhindern, dass ein Schiffsbrüchiger, der zufällig seinen Schatz findet, ihn woanders versteckt. Sechs Monate blieben mir Zeit. Aber verstecken Sie mal einen Schatz auf einer Insel, die glatt wie ein Teppichspiegel ist.

Außerdem war es eine besondere Insel. Überall, wo ich ein Loch grub, ließ sich die Stelle nicht mehr wie vorher verschließen. Überall blieb eine Unebenheit zurück, man konnte sofort erkennen, dass jemand versucht hatte, an dieser Stelle zu graben. Es war wie eine Narbe, die man der Erde zugefügt hatte.

Durch Zufall entdeckte ich auf der Insel einen einzigen Baum. Ein Apfelbaum, den der Pirat vielleicht vergessen hatte zu vernichten. Oder der Pirat hatte versehentlich einen Apfelkern weggespuckt. Oder er hatte einen alten Apfelbaum abgesägt und dieser war im Laufe der Jahre neu gewachsen. Aber all diese Gedanken waren egal, sie kosteten mich nur Zeit. Das Wichtigste war, dass es diesen Baum gab, er stand in voller Blüte.

Da kam mir eine Idee. Ich legte in jede Blüte eine der wertvollen Perlen. Jetzt musste ich nur noch warten. Viele Wochen vergingen, aus den Blüten wuchsen Äpfel und in den Äpfeln steckten die verborgenen Perlen. Ein Apfel ist das sicherste Versteck vor einem Piraten. Lieber würde er verhungern, anstatt einen Apfel zu essen. Deshalb war mein Gedanke von dem weggespuckten Apfelkern auch totaler Blödsinn.

Entsetzt stellte ich fest, dass inzwischen fast sechs Monate vergangen waren.
Jederzeit konnte der Pirat zurückkommen. Wo sollte ich mich verstecken. Mit einem Bambusrohr hätte ich unter Wasser abtauchen und solange schnorcheln können, wie der Pirat auf der Insel war. Ich besaß aber kein Rohr. Da kam mir eine Idee. Ich Schnitt in den Stamm des Apfelbaums eine schmale Öffnung, hüllte den Stamm innen aus und wartete in diesem Versteck auf das Kommen des Piraten.
Am nächsten Morgen erschien sein Boot am Horizont. Ich war kurz zuvor noch einmal austreten gewesen, es könnte eine lange Zeit sein, dass ich mich verstecken musste, deshalb zwängte ich mich jetzt wieder eilig in den Baum und zog das herausgeschnittene Stück Rinde von innen vor den Spalt, so dass man nichts erkennen konnte.
Gespannt wartete ich auf den Räuber. Drei Stunden später betrat er die Insel. Durch kleine Löcher im Baumstamm konnte ich alles beobachten, seine argwöhnischen Blicke, als er den an einigen Stellen aufgewühlten Boden sah und seinen entsetzten Blick, als er die leere Schatztruhe ausgrub. Seine fürchterliche Stimme dröhnte über die Insel. Vergeblich. Er hätte nur einen Apfel essen müssen, um seinen

Schatz zu finden, aber er tat es nicht. Sehen Sie, so rächt es sich manchmal sehr teuer, wenn man sich nicht gesund ernährt.

Wütend schlug er mit seinem Schwert gegen den Baum, er wollte alles vernichten, seine Wut war grenzenlos.

Mir wurden angst und bange. Ich sah bereits, wie das Schwert sich durch die Rinde in meinen Leib bohrte. Aus unerklärlichen Gründen brach der Pirat aber sein Unterfangen ab, kehrte wutstampfend um und trottete zu seinem schwarzen Segler zurück.

Mikado schluckte:

Bananen, sagte er, was ist mit Bananen. Piraten essen keine Äpfel. Aber essen sie Bananen?

Schwarzbart schüttelte den Kopf. Als der Affe sich beruhigt hatte, fuhr er fort:

Bananen nein, sie essen keine Bananen. Aber schlimmer. Sie trinken Bananenrum. Fässerweise. Es ist ihnen das liebste. Und dafür würden sie alles geben. Schade für Sie, für ein Glas Bananenrum braucht man nämlich 100 Bananen. Ihre ganze Insel würde gerade mal für ein Fass Bananenrum reichen. Hoffen Sie, dass nie ein Pirat ihre Insel entdeckt. Oder steigen Sie auf Äpfel um. In ihnen finden Sie manchmal sogar kostbare Perlen, jedenfalls ich habe die

Apfelperlen gefunden. Nachdem der Pirat die Insel verlassen hatte. In jedem gepflücktem Apfel steckte eine Banane, ach was rede ich, Sie bringen mich mit Ihrem ewigen Bananengerede noch um meinen Apfelverstand. In jedem Apfel steckte eine wertvolle Perle. Was soll ich Ihnen sagen? Im wahrsten Sinne des Apfelwortes die sagenhaftesten Äpfel, die ich jemals gegessen habe. Noch nie habe ich die glitzernden Perlenkernehüterkugeln, also die runden Äpfel, lieber ausgespuckt. Nur die Kerne durfte ich nicht fortspucken, wie ich es seit meiner Kindheit gerne tat, denn meine Zunge hatte nicht gelernt, zwischen Apfelkernen und Perlen zu unterscheiden.
Plötzlich stockte Schwarzbart und sah an seinem Bauch hinab. Hoffentlich habe ich keine Perle verschluckt. Mein Bauchgefühl, mir wird mulmig.

Aber lassen wir das, jetzt ist Schlafenszeit, selbst für Perlen im Bauch. Denn auch im Bauch lässt es sich träumen, aber das, ja das ist wieder eine ganz andere Geschichte.

13
Der buchstäblich größte Ballgegner

Sie kennen mein…, Pardon, was weiß ich denn, ich habe die Zahl vergessen, nennen wir es einfach mein nächstes Abenteuer, Sie kennen mein nächstes Abenteuer noch nicht?

Wie sollte ich?, erwiderte Mikado, wie kann man ein nächstes Abenteuer bereits kennen. Es befindet sich noch in der Zukunft. Oder sind Sie eine Art Zukunftsabenteurer? Bevor etwas passiert ist, haben Sie es bereits erlebt. Erstaunlich, vielfach erstaunlich.

Schwarzbart schüttelte heftig den Kopf. Da haben Sie etwas mehr als total verkehrt verstanden. Mit nächstem Abenteuer meine ich das Abenteuer nach dem letzten, das ich Ihnen erzählt habe, aus der Kette der gewesenen das danach gewesene, Sie verstehen schon, jedenfalls mit ein bisschen gutem Willen, damit ist alles, selbst für Sie, zu verstehen. Noch bevor Mikado antworten konnte, fuhr Schwarzbart fort. Ich war auf dem Weg zum Norden, weil ich bei einem Eskimo einen Essenstermin hatte. Wissen Sie, wenn man bei einem Eskimo zum Essen eingeladen ist, müssen Sie auf die Minute pünktlich sein.

Wegen der Höflichkeit?, fragte Mikado.
Schwarzbart schüttelte den Kopf.

Nein aus praktischen Gründen. Wenn Sie eine Minute zu spät kommen, können Sie keine heiße

Hühnersuppe essen, sondern das ganze als Hühnersuppeneis verspeisen. Und ich hatte Suppenglück. Wetterbedingt können Sie nicht überall im Eskimoland eine Hühnersuppe essen. Bei ihm konnte man es. Bei anderen kann man zwar wetterbedingt eine Hühnersuppe essen, aber eisbärbedingt nicht. Beim kleinsten Geruch der Suppe wären sie von hundert Eisbären umringt, die so hungrig sind, dass sie keinen Unterschied zwischen der Suppe und den Suppenesser machen.

Ich tuckerte mit dem Boot vor mich her und bemerkte, dass sich immer mehr gewaltige Eisberge an beiden Seiten aus dem Wasser erhoben, bis sich das Meer zu einer schmalen Furt verengte, durch die mein Boot gerade hindurchpasste. Auf einmal tauchte ein Walfisch auf. Er war genauso lang und dick wie mein Boot. Uns beiden war klar, dass wir nicht gleichzeitig die Meeresenge passieren konnten.
    Ich habe einen wichtigen Essenstermin bei einem Eskimo, rief ich, bitte lassen Sie mich vor!
Der Wal schüttelte die Schwanzflosse.
    Ich habe auch einen Essenstermin. Wenn ich nicht rechtzeitig komme, sind alle Krebse weggeschwommen und ich muss hungern.
Also mussten wir eine Entscheidung treffen.
    Lassen Sie uns würfeln, schlug ich vor. Die höhere Zahl gewinnt.
Leider kannte der Walfisch keine Würfel und lehnte deshalb ab. Er schlug etwas anderes vor.

Jeder nimmt einen Schluck Wasser in den Mund,
wer es höher in die Luft spucken kann, gewinnt.

Natürlich lehnte ich sofort ab, wissen Sie, ein Walfisch kann nämlich eine 10 m hohe Wasserfontäne blasen.

Lassen Sie uns Knobeln, warf ich ein.

Misstrauisch betrachtete mich der Walfisch.

Was benötigt man dazu?

Eine Hand mit fünf Fingern.

Eine Hand mit fünf Fingern? Ich habe nur eine Schwanzflosse.

Ich kann Ihre Schwanzflosse viermal einkerben, dann haben Sie fünf Schwanzflossenfinger. Oder ich knoble mit meiner rechten Hand und benutze meine linke Hand für Sie.

Leider wurde der Walfisch wieder misstrauisch, beide Vorschläge gefielen ihm nicht. Er sprang in die Luft und entdeckte von oben einen großen Gymnastikball auf meinem Boot. Sie müssen wissen, manchmal tut mir mein Rücken weh und ich muss mit dem Ball Übungen durchführen.

Lassen Sie uns mit dem Ball Fußballspielen. Wer den Ball als Erster durch die Meeresenge schießt, darf auch als Erster hindurchfahren. Ihr Boot gegen mich, schlug der Wal vor.

Ich war einverstanden und warf den Ball ins Wasser. Sofort schnappte sich der Wal den Ball mit der Schwanzflosse und raste davon. Ich ließ meinen Schiffsmotor aufheulen und jagte hinterher. Gerade noch rechtzeitig holte ich den Wal ein. Von der Reling warf ich eine Angel nach dem Ball und fischte ihn so von der Schwanzflosse hinunter. Das passte dem Wal überhaupt nicht. Abwechselnd sprang er mal links, mal rechts vor meinem Boot ins Wasser und versuchte, gewaltige Wellen zu erzeugen. Mein Boot geriet heftig ins Wanken, der Ball löste sich von der Angel, flog in die Höhe und im selben Augenblick sprang der Wal in die Luft und versetzte dem Ball mit seiner Schwanzflosse einen derart heftigen Schlag, dass er durch die Meeresenge sauste.

Er hatte gewonnen! Er durfte als Erster die Meeresenge passieren.

Durch das Fußballspiel und weil ich dem Wal den Vortritt lassen musste, hatte ich viel Zeit verloren. Ich versuchte alles, um sie wieder aufzuholen, hisste alle Segel, band sogar mein Hemd an den Mast, trotzte mit nacktem Oberkörper am Ruder dem eisigen Arktiswind, trieb den Motor an und sprang schließlich ins Eiswasser, um das Boot zusätzlich von hinten anzuschieben.

Ich kam nur eine halbe Minute zu spät, das war Glück, aber auch Pech. Die Hühnersuppe war zwar noch nicht zu Eis gefroren, aber immerhin zu einem Shake, ich aß also ein Hühnersuppenshake.

Kennen Sie das? fragte Schwarzbart.

Er bekam keine Antwort. Mikado war zwischendurch verschwunden, hockte in einem Bananenbaum und hatte bereits zehn Bananen vertilgt. Als er bemerkte, dass Schwarzbart anhob, ein weiteres Abenteuer zu erzählen, warf er die Schalen nach unten. Schwarzbart blieb nichts anderes übrig, als in die Sicherheit des Urwalds zu flüchten, wollte er nicht in den nächsten Minuten unter einem riesigen Berg Bananenschalen verschüttet werden.

Wer schläft schon gern unter abgeknapperten klebrigen Bananenschalen, wenn er gerade mit ohne Hemd durch das eisige Arktiswasser geschwommen ist und normalerweise unter einer meterdicken Daunendecke aus Milliarden seidenfeiner Gänsefedern träumt?

14
Auf millimetergerader Wellenfahrt

Wissen Sie, sagte Schwarzbart, ich bin der einzige Seefahrer, ich meine, ich bin der einzige Seefahrer, der total und exakt geradeaus fahren kann. Sind Sie schon einmal einen Bananenbaum bei Windstärke zehn hochgeklettert? Er schaukelt hin und her. Sehen Sie, so ist es auf See. Über Wasser haben wir meist Windstärke sechs und mehr und unter Wasser noch sehr viel mehr, sagen wir mal Wasserstärke acht und darüber, das sind die gefährlichsten Strömungen, die keiner sieht, ein Kapitän nur mit seinen Füßen spürt, weil die Füße im Wasser stehen würden, wenn man sich die Bootsbretter wegdenkt. Es schaukelt hin und her, mehr als ihr komischer Bananenbaum bei Windstärke acht und trotzdem kann ich so geschickt steuern, dass mein Boot total und exakt geradeaus fährt.
Unter Deck steht ein Tisch, in der Mitte liegt eine Kugel. Jeden Abend gehe ich nach unten und sehe nach, ob sich die Kugel von der Stelle bewegt hat, das wäre ein Zeichen, dass ich trotz der Wellen nicht in der Lage gewesen bin, das Boot auf den tausendstel Millimeter in der Waage zu halten.

Jeden Abend bin ich enttäuscht, positiv enttäuscht. Ich stelle mich vor den Tisch, keinen Millimeter ist die Kugel verrutscht. Anerkennend klopfe ich mir mit der rechten Hand auf die linke Schulter. Dann stelle ich mich hinter den Tisch. Auch aus dieser Sicht hat sich die Kugel nicht bewegt. Anerkennend kann ich mir mit der linken Hand auf die rechte Schulter klopfen. Jetzt gehe ich an die rechte Tischseite und beobachte aufmerksam die Lage der Kugel. Keinen Millimeter hat sie sich bewegt. Wieder klopfe ich mir auf die Schulter, mit der rechten Hand auf die linke Schulter, diesmal aber mit der Hand hinter den Kopf geführt. Zuletzt betrachte ich die Kugel von der linken Tischseite aus. Das gleiche Ergebnis. Seit 100 Jahren ruht sie auf derselben Stelle, dabei hatten wir doch gestern erst wieder 10 Meter hohe Wellen bei Windstärke zwölf. Anerkennend klopfe ich mir auf die rechte Schulter mit der linken Hand, verstehen Sie, die Hand hinter den Kopf geführt.
Von unten, ja von unten habe ich vergessen nachzuschauen. Also krieche ich unter den Tisch. Meine Augen staunen. Die Kugel schwebt einen Zentimeter über der Tischplatte. Sie ist so zufrieden, dass sie in der Luft schwebt, voller Glück. Wie soll ich mir noch mehr Anerkennung

aussprechen? Also klopfte ich mir gleichzeitig mit beiden Händen und beiden Füßen auf die rechte, dann auf die linke Schulter, das gleiche noch mal nur von hinten herum.

Fertig?, fragte Mikado, ich werde Sie für den krummen Bananenorden vorschlagen, nur sind Sie endlich fertig?
Schwarzbart sah ihn mit stechenden Augen an.

Ein Seefahrer ist niemals fertig. Sie sind auch nie fertig mit Bananen essen. Das Wichtigste habe ich Ihnen noch nicht erzählt. Unter dem Tisch steht eine Kerze. Sie kann nie erlöschen, weil ich mein Boot ohne jegliches Schaukeln steuere. Nur bei einem Seebeben. Bei einem Beben unter dem Meer, verstehen Sie, was ich meine, die Erde bebt, aber nicht irgendwo, sondern direkt unter dem Meer, dann erlischt meine Kerze. Deshalb habe ich 100 Spiegel so hintereinander angebracht, dass ich von jeder Stelle meines Bootes immer auf die Kerze schauen kann.
Verstehen Sie, was es bedeutet, wenn die Erde unter dem Meer aufreißt? Innerhalb weniger Minuten kann das gesamte Meer in der Erdspalte verschwinden, als wenn sie aus einem Waschbecken den Stöpsel herausziehen. Auch die Erde ist durstig, muss mal trinken. Und ob sie

dabei ein kleines Segelboot wie die Lusitannia verschlucken würde, kümmert sie nicht.

Einmal hat die Erde mein Boot dabei verschluckt, ich meine bei einem Seebeben, ein Spalt ist unter dem Meer aufgebrochen und hat alles verschlungen - auch mein Boot. Ich kann Ihnen davon erzählen, später, vielleicht. Jedenfalls habe ich mich gleich beruhigt. Ich wurde einmal von einem Walfisch verschluckt. Ich kann Ihnen davon erzählen, später vielleicht. Ruhig, bleib ruhig, Schwarzbart, habe ich mir gesagt, wo etwas hineingeht, muss auch wieder etwas herausgehen, so einfach ist das. Und ich kam am anderen Ende, ich spreche lieber nicht vom Verschlucken im Walfisch, ich meine, ich kam am anderen Ende der Erde wieder heraus.

Praktisch, oder? Auf diese Weise sparte ich mir den langen Weg um die Erdkugel. Nur angenehm war es nicht. Deshalb muss ich jederzeit die Kerze sehen können.

Wenn sie flackert heißt es: Schwarzbart, nimm Reißaus, verschwinde zum nächsten Meer, bevor dieses hier in der Erdspalte absäuft.

Schwarzbart blickte auf seine Uhr.

Die Zeit, um Himmels willen, sehen Sie hier, ein Loch im Glasdeckel meiner Uhr, verdammt, die Zeit ist mir weggelaufen. Ich kann Ihnen nicht weitererzählen. Ich muss dringend verschwinden. Sie wissen schon, das eine Ende und, Pardon, das andere Ende. Ein Seefahrer muss jede Stunde etwas trinken, sonst bleibt die Kehle trocken und die Worte bleiben im Hals stecken. Dann muss ich wieder zum Arzt, damit er mir mit einer langen Zange die festgeklemmten Worte aus dem Hals zieht.

Trinken Sie mehr, wird er dann sagen, jedes Mal sagt er das, fürs Worte herausziehen verdiene ich nichts, das glaubt mir keine Krankenversicherung. Trinken Sie, trinken Sie, trinken Sie, trinken Sie einfach immer mehr.

Trinken sie mehr, wiederholte Schwarzbart, auch der Schlaf lässt sich trinken, ich habe es früher nie geglaubt, aber sie brauchen nur so eine kleine weiße Kugel in ein Glas Wasser zu tun und das Ganze dann zu trinken. Auf meiner Fahrt um die Welt bin ich diesen Kugeln öfter begegnet, alles können sie trinken, vielleicht das Glück. Menschen versuchen, das Glück zu trinken, überall auf der Welt. Vielleicht können sie das Glück trinken, den Schlaf auf jeden Fall.

Im selben Augenblick war Schwarzbart eingeschlafen, wer weiß, welchen Abendtrunk er

111

vorher gesüffelt hatte. Vielleicht den Schlaf, dann aber hoffentlich mit einem Spritzer Traum. Hoffentlich.

15
Der Sternfisch

Sie kennen mein 110., gehundertstes zehntes, der Hundert folgendes zehntes, von der Hundert geadeltes zehntes, ach was, Sie kennen dieses hundertzehnmal geadelte Abenteuer noch nicht?
Es war vor zehn Jahren, nein, zehn Jahre ist es her, vor ungefähr zehn Jahren vielleicht, ich glaube, ja, jetzt fällt es mir ein, genau vor zehn Jahren und 10 Sekunden, ich wusste es doch, es waren nicht genau zehn Jahre. 10 Sekunden, wissen Sie, was in 10 Sekunden alles passieren kann? Wenn Sie jemand nach ihrem Alter fragt, seien Sie ehrlich, sagen Sie nicht, ich bin zehn Jahre, geben Sie zu, dass Sie zehn Jahre und 30 Sekunden alt sind, warum verleugnen Sie die 30 Sekunden?
Mikado schüttelte den Kopf:

Verzeihen Sie, aber ich habe nie etwas geleugnet. Was ist denn in 10 Sekunden passiert?

Ich fuhr nachts auf dem Meer, nachts, verstehen Sie, das Meer war zehnmal schwärzer als ein Schornsteinfeger.

Ein Schornsteinfeger, unterbrach Mikado, nie bin ich einem solchen Wesen auf der Spitze eines Bananenbaums begegnet. Was ist ein Schornsteinfeger?

Ein Bananenbaum besitzt keinen Schornstein, Sie brauchen keinen Schornsteinfeger für einen Bananenbaum. Es tut nichts zur Sache, was ein Schornsteinfeger ist, unterbrach Schwarzbart. Stellen Sie sich einfach einen Baumfeger vor, einen Rindenfeger, einen Blattfeger, einen Astfeger, suchen Sie sich davon etwas für Ihren Kopf aus, wenn Sie keinen Schornsteinfeger kennen.

Jedenfalls war es eine pechschwarze Nacht und ich angelte. Es gibt Fische, die nachts besser anbeißen. Große Fische. Wohlschmeckende Fische. Plötzlich sah ich einen, ungefähr einen Kilometer Backbord. Also warf ich meine Angel, holte gewaltig aus, damit der Köder dem Fisch direkt vor der Nase landete.

Haben Sie schon einmal eine Angelschnur einen Kilometer weit ausgeworfen?

Auf einmal begann es mächtig zu zappeln. Sie hören richtig, ich hatte Glück, ich hatte dem Fisch den Haken direkt ins Maul geworfen. Er zog gewaltig. Hastig band ich mich am Boot fest, um nicht mitsamt der Angel von Bord gerissen zu werden. Stundenlang kämpfte ich, der Fisch zerrte gewaltig am Haken, hin und her ging es, ohne dass mein Gegner ermüdete.

Erschöpft schlief ich ein, die Angel hielt ich fest umklammert. Sobald die Sonne aufging wollte ich meinen Fang endgültig ins Boot ziehen.

Drei Stunden später erwachte ich. Und nun, Sie werden es nicht glauben.

Doch, antwortete Mikado, sicherlich hing der alte Schuh eines Riesen am Haken oder vielleicht, ich mag es mir kaum ausmalen, eine Riesenwasserbanane.

Schwarzbart schüttelte den Kopf.

Nichts dergleichen. Ob Sie es glauben oder nicht. Ich hing an einem Stern! Schütteln Sie nicht den Kopf. Ich hatte nachts einen Stern geangelt, mit ihm hatte ich die Nacht hindurch gekämpft. Mein Angelhaken hing an einem Stern und während ich ein paar Stunden ermüdet eingeschlafen war, hatte der Stern die Angel, an der ich und das Boot hingen, hoch in die Luft gezogen, kilometerweit schwebte ich über dem Wasser, mitten in den Wolken.

Mikado schüttelte den Kopf.

Interessantes haben Sie nicht erlebt. Wissen Sie, wie oft ich auf Bäume geklettert bin. Nimmt man die Strecke zusammen, bis zur Sonne hätte ich klettern können. Und Sie, Sie hängen an einer Angelschnur ein paar Kilometer über dem Meer.

Mikado gab Schwarzbart eine Schere.

Nächstes Mal schneiden Sie die Schnur einfach durch.

Plötzlich nahm er Schwarzbart die Schere wieder weg:

Oder besser nicht. Gar nicht so schlecht für mich, wenn der Stern Sie irgendwohin in das Weltall geschleppt hätte. Bestimmt werden Sie dort auch jemanden finden, dem Sie ihre Geschichten erzählen können.

Das wäre für mich anstrengender, erwiderte Schwarzbart. Je länger jemand ist, desto länger müssen die Geschichten sein, die man ihm erzählen muss, damit er einschläft. Und Sie, Sie sind nur etwas größer als eine Ameise. Also brauche ich nur kurze Geschichten zu erzählen, bei Ihnen jedenfalls, im Weltall würden alle größer sein als Sie,

es wäre viel mehr Arbeit für mich, den Bewohnern des Weltalls meine Geschichten zu erzählen.
Mikado schüttelte den Kopf.

Nur ein wenig größer als eine Ameise, murmelte er, wie soll da einer eine Banane verspeisen, wenn er nur wenig größer als eine Ameise ist.
Mit diesem Bananengemurmel verließ er die Lichtung und lief zum alten Bananenbaum, der in diesem Jahr als Erster die reifen Früchte hatte. Schwarzbart, er sollte sich nicht einbilden, auch nur einen Funken Geruch von diesen herrlichen Bananen zu bekommen, nicht dafür, dass er ihn mit einer Ameise verglichen hatte. Mikado würde alles allein essen, die Banane sowieso, sicherheitshalber auch die Schale und natürlich auch den Duft. Schwarzbart würde nichts, aber auch wirklich nicht das Geringste bekommen, für diesen Vergleich hatte er sich nicht einmal die kleinste Geruchsspur von einer süßen Banane verdient.

Schwarzbart blieb allein zurück, allein mit seinem Geheimnis, seine Angel an den Zacken eines weit entfernten Sternes geworfen zu haben, sodass der Stern ihn eine Nacht durch den tiefschwarzen Weltraum gezerrt hatte. Allein mit dem Geheimnis, dass sein Boot dabei durch eine Chamäleonwolke geflogen war, die alles verwandelte. Luft zu Wasser, Wasser zu Stein, Schuhe zu Hemden, Messer zu Gabeln, einfach alles. Plötzlich hatte er kleine Steine in seiner Trinkflasche gehabt und musste sich mit dem Schuhanzieher die Zähne putzen. Mit dem Löffel hatte er sich rasieren müssen und mit einem Bogen Papier die Fußnägel schneiden. Er hätte es alles in Kauf genommen, denn die Chamäleonwolke hatte auch allen Staub, jedes Dreckkrümelchen in ein Goldkörnchen verwandelt. In seiner Badewanne lagen tausende Perlen anstatt Seife, jeden Tag hätte er ein Perlenbad nehmen können.

Hätte, seufzte Schwarzbart, denn der dumme Stern war unglücklicherweise durch eine zweite Chamäleonwolke geflogen, die alles zurückverwandelte. Nur einen Finger hatte sie vergessen. Sein Zeigefinger der rechten Hand hatte nach der Rückverwandlung noch immer an seinem rechten Fuß und stattdessen der kleine Zeh an seiner rechten Hand geklebt. Es hatte ihn viele Operationen bei den berühmtesten Ärzten und noch mehr Geld gekostet, das wieder korrigieren zu lassen. Denn wer kratzt sich schon gern mit einer kleinen Zehe an der Nase oder macht damit an der Nase andere Dinge, die ein Zeigefinger mit einer Nase eben so anstellt.

Und natürlich musste er dafür erst einmal auf die Erde zurück. Aber er hing doch noch immer am Stern. Die Angelschnur einfach durchschneiden wollte er nicht, zurück auf der Erde musste er doch einen richtigen Fisch statt eines Sternenfisches fangen und brauchte dafür die Angelschnur.

Da war ihm der rettende Einfall gekommen. Das Boot musste schwerer werden, um ihn zurück zur

Erde zu ziehen. Nur wurde das Boot nicht schwerer. Also musste er selbst schwerer werden, dadurch würde auch das Boot schwerer und so würde er zurück auf die Erde gelangen. Deshalb begann er alles zu essen, was er auf dem Boot fand. Zuerst den Proviant und, Schwarzbart schauderte es bei der Erinnerung, danach die rohen Wasserschnecken an den Außenplanken und zuletzt sogar Stücke von den Brettern selbst. Jedem Gramm, das er zugenommen hatte, zog das Boot einen Kilometer nach unten zurück auf die Erde. Einen langen Rückweg hatte er vor sich, denn der Sternenfisch hatte ihn fast bis zur geheimnisvollen Mitte des Weltraums gezogen, wo es so dunkel war, dass sich die kalte Dunkelheit wie von selbst in ein unbeschreibliches rosafarbenes Licht aus Träumen verwandelte.

Schwarzbart betrachtete seinen Bauch. Der war von dieser seltsamen aber erfolgreichen Rettungsaktion übriggeblieben und wollte ihn nie mehr verlassen, selbst nachdem er vier Wochen nichts essen konnte, weil der Stern am Ende selbst die Angelschnur durchgebissen und mit ihr ins Weltall fortgedüst war, sodass er lange Zeit keinen Fisch mehr angeln konnte und entsetzlich hungern musste. Das störte den Bauch nicht. Es schien ihm bei dem gemütlichen alten Seebären derart zu gefallen, dass er trotzdem blieb.

Alle diese Erinnerungen machten ihn müde. Bald war er eingeschlafen und merkte nicht, dass dem

Affen doch ein kleines Geruchsstück beim Öffnen der Banane entwischt war, das jetzt wie eine kreiselnde Wolke auf der Nase des alten Seekapitäns tanzte. Ab und zu schnappte Schwarzbarts schlafender Mund nach dem kleinen Stück Bananenduft, doch das Stück war viel zu schnell, um sich vom schlafenden Mund eines alten Seebären schnappen zu lassen.

16
Der eingefangene Wind

Wissen Sie, sagte Schwarzbart, für mich ist das Leben wie ein Rauf und Runter im Sekundentakt.
Er sah Mikado an.
Sie, für Sie ist es vielleicht ein Rauf und Runter im Monatstakt. Einmal im Monat rauf auf einen Bananenbaum, dort einen Monat bleiben, bis alle Bananen verputzt sind, wieder hinunter und rauf auf den nächsten Bananenbaum für einen weiteren Monat.
Aber ich, ich muss jede Sekunde rauf auf eine Welle und in der nächsten Sekunde wieder hinunter, dann wieder rauf auf die folgende Welle und runter. Verstehen Sie, ein Leben im Sekundentakt, rauf und runter. Und wenn die alte Lusitania mal wieder krank ist, muss ich rudern, ein geruderter Sekundentakt.
Schwarzbart zeigte auf seine Muskeln.
Nun, schwer ist es nicht, sehen Sie, einmal bin ich mit drei (oder weniger?) Schlägen, verstehen Sie, nur mit drei, über den Atlantik gerudert. Den ersten Ruderschlag machte ich an der Küste von Portugal. Dann legte ich mich für

einige Momente schlafen. Als ich merkte, dass das Boot langsamer wurde, wir hatten ungefähr den halben Atlantik überquert, kein Wind, keine Strömung, nur durch einen einzigen Ruderschlag bis auf den halben Atlantik, als ich jedenfalls die langsamere Fahrt bemerkte, stand ich auf und machte den nächsten Ruderschlag. Den dritten und letzten machte ich kurz vor der amerikanischen Küste, allerdings in entgegengesetzter Richtung, um das Boot zum Stehen zu bringen.
Trotzdem wurde ich es leid, immer dann, wenn die alte Lusitania krank war, rudern zu müssen. Ich musste mir den Wind zu Nutze machen, dachte ich, auch dann, wenn der einmal nicht weht. Ich musste mir gewissermaßen an den Tagen, wo der Wind zu viel wehte, einen Vorrat anschaffen für die anderen Tage, wenn er schlief. Eine Konservendose oder eine leere Flasche, dachte ich, vielleicht konnte ich dort ein bisschen Wind aufheben. Oder ich konnte ihn angeln, warum versuchte ich nicht einfach, den Wind an meinen Angelhaken zu bekommen. Ich musste nur meine Angel genau in dem Augenblick, wenn der Wind vorbeiflog, hoch genug in die Luft schleudern. Oder ich musste den Wind einfangen. Da fiel mir mein altes

Waldhorn ein. Ich hatte es extra selbst umgebaut, um damit auch unter Wasser zu spielen. Früher, wissen Sie, ich war auch mal jünger, hatte ich eine Unterwasserband: Schlagzeug, Bass, Posaune, Gitarre. Alles für Unterwassermusik.

Nur eine E-Gitarre war in der Band leider verboten, Strom und Wasser verträgt sich nicht, aber das werden Sie nicht wissen, nur ein Seekapitän weiß, was sich mit Wasser verträgt und was sich nicht mit Wasser verträgt. Und er kennt auch den Grund. Sehen Sie, der Strom ist immer gewöhnt, in Röhren zu fließen, weil diese Röhren geschlossen sind, nennt man sie Kabel. Dadurch weiß der Strom immer, wohin er fließen muss. Aber im Wasser ist plötzlich alles ohne diese Röhren, alles ist frei und der Strom weiß nicht mehr, wohin er fließen soll. Das macht ihn total verrückt. Wenn einer immer genau gezeigt bekommt, wohin er gehen soll und plötzlich ist alles möglich und er muss sich alleine entscheiden, dreht so einer meistens durch. Auch der Strom. Und wenn Sie dann im Wasser stehen, denkt der Strom, Sie sind auch so eine Röhre wie die Röhren, durch die er bisher geflossen ist und kommt plötzlich auf Sie zugeschossen. Dann können Sie nur noch abhauen, bevor der Strom Sie einholt. Deshalb also kein Strom, keine E-Gitarre in meiner Unterwasserband.

Wir standen bis zum Kopf im Wasser, spielten auf den Instrumenten, die völlig im Wasser eingetaucht waren und jeder, der zuhören wollte, musste seinen Kopf ins Wasser stecken – oder wenigstens sein Ohr auf die Wasseroberfläche legen.

Mein altes Waldhorn. Es hatte unendlich viele Windungen. Wenn ich den Wind dazu brachte, in das Waldhorn hineinzufliegen, würde er aus diesem Labyrinth aus Blechwindungen bestimmt nicht mehr herausfinden. Eilig holte ich das alte Stück aus der Kiste. Als ich wieder an Deck kam, sah ich von Weitem einen aufkommenden Wind heranziehen. Ich steuerte mit einer Hand mein Boot in diese Richtung und hielt mit der anderen das Waldhorn in die Luft. Natürlich bin ich ein guter Jäger, wer auf dem Wasser fährt, muss ein guter Jäger sein. Mindestens ein guter Mückenjäger. Fünf Minuten später war der Wind verschwunden, er war in mein Waldhorn geflogen und fand aus diesem Labyrinth nicht mehr heraus.

Mit aller Kraft musste ich das alte Blechinstrument festhalten, es dauerte lange, bis sich der Wind beruhigt hatte. Ich kannte das, als ich früher noch Löwen und Tiger gefangen hatte, natürlich ohne Gewehr, im Kampf Mann gegen Tier, ich meine, ohne unfaire Waffen, ich meine Menschmuskeln gegen Tiermuskeln, also Mann gegen Mann, ach machen wir es kurz für Ihre ungeduldigen Ohren, ich meine, für die Schnellleseraugen einfach M gegen T und am Ende musste ich Tiger und Löwen immer tragen, weil sie nach dem verlorenen Kampf gegen mich zu erschöpft zum Laufen waren und musste sie in einen Käfig sperren, um sie wieder aufzupäppeln. Es dauerte auch eine gewisse Zeit, bis sie sich im Käfig emotional von der Niederlage beruhigt hatten, aber darauf konnten meine Muskeln keine Rücksicht nehmen..

Auf einmal hörte ich eine leise Stimme:

Einen Wunsch, flüsterte die Stimme, du hast einen Wunsch frei, wenn du mich herauslässt. Natürlich schüttelte ich den Kopf. Hatte denn der Wind noch nie von einem Märchen gehört? In jedem vernünftigen Märchen hat man drei Wünsche frei.

Mikado spitzte die Ohren:

Märchen wiederholte er, ich hoffe Sie erzählen mir keine Märchen. Aus diesem Alter bin ich heraus.

Schwarzbart wackelte heftig mit dem Kopf. Wo denken Sie hin. Die Wahrheit, nichts als die Wahrheit. Sie sind der einzige Affe auf der Welt, der meine wahren Geschichten hören darf.

Nach einer Weile meldete sich der Wind wieder zu Wort:

Drei Wünsche, gut, du hast drei Wünsche frei. Aber sobald du den dritten Wunsch ausgesprochen hast, bei der letzten Silbe, musst du mich freilassen. Oder ich werde dich überall auf der Welt verfolgen. Vor mir gibt es kein Entrinnen. Es gibt keinen Ort auf der Welt, wo es total windstill ist. Ich bin überall. Jedenfalls meistens, wenn ich nicht gerade in einem englischen Waldhorn stecke.

Ich brauchte nicht lange nachzudenken.

Erstens, sagte ich, erstens musst du mein Schiff immer anschieben, wenn ich es will, zum Beispiel, wenn ich keine Lust mehr zum Rudern habe oder die Meeresströmung mal wieder schlafen gegangen ist.

Der Wind antwortete nicht, also fuhr ich fort.

Zweitens musst du auf meinen Wunsch so stark blasen, dass das Wasser vollständig weggeweht wird und ich auf dem Meeresgrund spazieren gehen kann.

Schon immer wollte ich das machen, dachte ich.

Wieder schwieg der Wind.

Drittens, Schwarzbart machte eine Pause – vielleicht war es nicht geschickt, diesen Wunsch zu erzählen.

Fahren Sie fort, unterbrach Mikado.

Er schien zu bemerken, dass sich der alte Kapitän in eine pikante Situation manövriert hatte.

Und wehe, wenn Sie lügen. Ich klettere jeden Tag in einen Bananenbaum. Dort ruht nämlich der Wind, wenn er mal Pause macht und genug vom alten Gelb der Sonne hat und sich lieber frisches Bananengelb anschauen möchte. Ich brauche ihn nur zu fragen, ob Sie die Wahrheit erzählt haben.

Schwarzbart räusperte sich:

Drittens, sagte er, bat ich den Wind, jeden Tag eine Banane vom Baum herunterzuwehen und durch die Luft bis auf meinen Frühstückstisch zu blasen. Ich wollte es eigentlich nicht, aber irgendwie musste ich doch meine drei Wünsche zusammen bekommen.

Sie stoppen sofort diesen Wunsch, sagte Mikado, oder...

Was oder? unterbrach Schwarzbart. In keinem Märchen habe ich gelesen, wie man einen Wunsch stoppen kann. Nichts ist schwieriger, als einen Wunsch aufzuhalten. Verglichen damit ist es ein Kinderspiel, den größten Ozeandampfer mit einem kleinen Finger anzuhalten. Sehen Sie, vor 20 Jahren, ich war gerade, naja, ich war eben alt, und doch noch jung, also vor 20 Jahren fuhr ich mit meiner alten Lusitania, sie war alt und doch wieder jung, wenn Sie verstehen, was ich meine, ich meine, wenn Sie meinen, was ich verstehe, er,...

Mikado verstand, der alte Kapitän wollte ablenken, alte Seefahrertaktik, nichts Neues. Er ließ Schwarzbart reden, lief in seine Hütte und kehrte mit Nadel und Faden zurück.

Bis morgen wollte er alle Bananen festnähen, wäre doch gelacht, wenn der Wind es noch einmal versuchen sollte, eine seiner kostbaren Bananen für den alten Seeknacker herunterzuwehen. Bananen annähen, nichts einfacher als das, dachte Mikado und kletterte den Baum empor, während Schwarzbart noch lange erzählte.

Seine Worte wurden leise, immer leiser bis sie langsam in der Luft verschwanden oder vom Wind fortgetragen wurden, doch davon ein anderes Mal, später, vielleicht.

Vielleicht später, dann jedoch bei absoluter Windstille, damit die Worte nicht bereits fortgeblasen sind, bevor sie das Ohr erreicht haben, deshalb lässt sich in einem Sturm oder einem Orkan auch keine Geschichte erzählen. Viele denken, die Worte sind wegen der Lautstärke des Orkans nicht zu verstehen. Das ist jedoch ein Trugschluss. Das Problem besteht darin, dass ein Orkan die Worte fortgeblasen hat, bevor sie ein Ohr erreichen können. Aber auch das ist wieder eine andere Geschichte und auch davon später, vielleicht später, vielleicht ein anderes Mal.

17
Der trockene Wassermarathon

Wissen Sie, sagte Schwarzbart, wissen Sie wie es ist, mit einem Boot auf dem Trockenen zu sitzen? Ich weiß es nicht, aber beinahe hätte ich es erfahren. Es ist mit Sicherheit schlimmer, als wenn Sie die Bananenschale anstatt des Inhaltes essen. Auf dem Trockenen sitzen.
Ich fuhr mit meinem Boot über den Lilliputfluss. Er ist der schmalste Fluss der Welt. Um ihn passieren zu können, musste ich mein Boot vorher in eine Presse stecken und auf die halbe Dicke zusammenpressen. Natürlich habe ich meinem Boot vorher ein Holzschmerzmittel verabreicht, ich konnte mir doch selbst vorstellen, dass es nicht sehr angenehm ist, sich auf die Hälfte zusammenpressen zu lassen. Danach trotteten wir gemütlich vor uns hin und ich beschloss, in der Kajüte einen kleinen Mittagsschlaf zu halten. Natürlich war mit bewusst, dass ich nur einen halben Mittagsschlaf machen konnte, denn das Boot war auf die Hälfte zusammen-gepresst worden. Zum Frühstück hatte ich nur halbe Brötchen essen können, natürlich nur von einem halben Teller und das Bestreichen dauerte trotzdem so lange, als wenn ich mir ein ganzes Brötchen bestrich, denn das Messer

war auch auf die Hälfte zusammengepresst worden. In den Spiegel traute ich nicht zu blicken, denn der halbe Kamm hatte mir nur die Hälfte, ich meine nur jedes zweite Haar gekämmt. Gucken Sie sich mal im Spiegel an, wenn nur jedes zweite Haar gekämmt ist. Eines liegt ordentlich auf der Seite, das nächste ragt wie ein Spiralstachel wild in die Luft. Und das Ganze bei meinen vielen hunderttausend Haaren.

Aber lassen wir das besser. Keine halbe Stunde hatte ich geruht, als ein gewaltiges Bersten mein Schiff erzittern ließ, etwa, als wenn jemand die Notbremse einer Eisenbahn bei vollem Tempo zieht. Aber mein Schiff war keine Eisenbahn, eine Notbremse hatte es schon gar nicht und überhaupt, wer sollte sie gezogen haben, - ich war allein.

Hastig stürzte ich aufs Deck. Alles schien normal. Ich lief zum Bug des Schiffes und bemerkte, wie es sich nach vorn neigte. Sie brauchen nicht zu lachen, es war nicht wegen meines Gewichtes.

Viel schlimmer. Das Wasser im Fluss war plötzlich zu Ende. Ich sah, dass sich der Flusslauf Kilometer weiterzog, aber es floss kein Wasser mehr. Wie versteinert ruhte mein Schiff auf dem Ende des abgeschnittenen Wassers, die Spitze hing über einem 2 m tiefen Abgrund. Ich holte einen Eimer, schöpfte hinten von der Heckseite Wasser und goss es *nach vorn vor die Spitze meines Schiffes. Nach 1001mal hatte sich der Fluss einen Meter wieder aufgefüllt, ich konnte einen Meter weiterfahren, aber was für ein Aufwand!*

Da fiel mir ein, dass ich noch einen Eimer blauer Luftfarbe in der Kajüte besaß. Ich rannte hinunter und holte die Farbe. Dann sprang ich ans Ufer und strich den leeren Flusslauf mit blauer Farbe an. Schnell hatte ich die 100 km geschafft. Doch zu meinem Entsetzen fuhr mein Schiff jetzt los, ohne mich. Ich eilte zurück, sprang tollkühn ins Luftwasser und schwamm dem Schiff hinterher. Ich schwimme schneller als ein Haifisch, deshalb besitze ich auch noch alle zehn Fußzehen, aber mein Boot konnte ich nicht einholen. Mir fiel die Dose schwarzer Farbe ein, die ich in meiner Tasche trug.

Für Piraten, müssen Sie wissen, wenn sich Piraten meinem Boot näherten, bemalte ich es schnell mit schwarzen Totenköpfen und konnte sicher sein, dass sie mich in Ruhe ließen und wieder abhauten.

Also lief ich ans Ufer, malte auf die Mitte des Wassers einen dicken schwarzen Strich und jagte (im Rennen bin ich nämlich noch schneller als im Schwimmen) auf dem schwarzen Strich meinem Boot hinterher. Nach wenigen Minuten hatte ich es eingeholt. Ich glaube, ich habe dabei so viel geschwitzt, dass mein Schweiß den ganzen Fluss hätte füllen können.

Marathon, sagte Mikado, Sie sollten am nächsten Marathon teilnehmen. Ich werde fünf Bananen auf Sie setzen.

Bananen und Marathon, das stimmt, antwortete Schwarzbart. Ich weiß von einem Läufer, der 42 Bananen während eines einzigen Laufes gegessen hat, auf jeden Kilometer einen.

Dann fehlt ein Bissen noch, sagte Mikado, ein Marathon ist 42,195 km lang. Er muss von der 43. Banane wenigstens noch einen Bissen gegessen haben, sonst hätte er es nicht ins Ziel geschafft.

Schwarzbart schmunzelte. Doch nicht wegen der letzten Bemerkung. Er dachte an die Luftfarbe. Blaue Luftfarbe, um einen Fluss auszumalen, dem das Wasser ausgegangen war. Mit schwarzer Luftfarbe ließ sich sogar ein breiter Strich auf dem Wasser malen und man konnte über dem Wasser laufen, jedenfalls auf dem schwarzen Strich, den er auf dem Wasser gemalt hatte.

Das wichtigste aber, und deshalb schmunzelte er, war ein kleiner Topf mit gelber Luftfarbe, die er sorgfältig in seinem Schreibtisch versteckt hielt.

Immer, wenn Mikado schlief, das konnte manchmal 28 Stunden am Tag bedeuten, kletterte Schwarzbart in einen Bananenbaum und stibitzte sich einige der süßen Früchte.

Damit der Affe nichts merkte, natürlich hatte Mikado alle Bananen abgezählt, malte Schwarzbart die Löcher mit gelber Luftfarbe aus. Mikado konnte sich im Traum nicht vorstellen, wie viele gemalte Bananen in seinen Bäumen wuchsen. Was soll's, vielleicht schmecken gemalte Bananen noch besser, man muss nur daran glauben.

Man braucht genügend Geschmackglauben dachte Schwarzbart, so wie er genügend Rennglauben gehabt hatte, um auf einer gemalten Linie sein in rasanter Fahrt forteilendes Boot einzuholen.

Für heute Nacht würde er sich von der restlichen Luftfarbe vor dem Schlafengehen einige Träume malen, direkt in die Luft über seiner Schlafkoje, dann würde er wenigstens das erste Mal in seinem Leben vorher wissen, was er in der bevorstehenden Nacht träumen würde. Und davon könnte er dem Affen erzählen, er könnte ihm sogar vor dem Träumen seine erst in der Nacht auftauchenden Träume erzählen, denn auf diese Weise wusste er ja bereits am Abend, was er in der Nacht träumen wird. Aber dafür musste dieser Affe erst einmal aufwachen und das konnte dauern, manchmal 28 Stunden am Tag.

18
Rauchende Träume

Sie kennen mein drittes, pardon, nein mein siebentes, ach es war das 37., nein, nicht das 37., das 73., entschuldigen Sie, ich meine mein 7 + 3, also 10., oder doch das 73+ siebentes, ich weiß nicht, kennen Sie jedenfalls dieses Abenteuer?
Der Affe Mikado schwieg. Am Anfang von Schwarzbarts Geschichten war es meist besser, eine Banane zu essen und nicht so genau hinzuhören.

Erzählen Sie, antwortete Mikado schließlich mit vollgestopftem Mund, solange mir die Bananen nicht aus den Ohren herauskommen und meine Gehörgänge verstopfen, kann ich Sie gut verstehen.

Ja, ja, fuhr Schwarzbart fort, manchmal würde ich Sie am liebsten auf den Mond schießen, wahrscheinlich würden Sie keine Minute überleben, da oben wachsen nämlich keine Bananenmondbäume.

Ich war einmal fast auf dem Mond, müssen Sie wissen, jedenfalls so dicht dran, dass ich alles erkennen konnte, und von Bananenbäumen keine Spur.

Vor einem Jahr fuhr ich mit meiner Lusitannia über das Meer. Von einem Augenblick zum nächsten verdunkelte sich der Himmel, ein gewaltiges Unwetter brach über mich und mein Boot herein. Bald war es dunkler als in einer Kohlengrube und die Luft voll von Wasser, überall Wasser, Regentropfen, große seeartige Teiche bildeten sich in der Luft. Schon sprangen die ersten Fische aus dem Meer in die noch leeren Luftteiche und sausten in ihnen davon. In den noch leeren Luftflüssen konnten sie so schnell rasen, wie sie wollten, ohne auf Vorfahrt zu achten, ohne Angst zu haben, von rechts gerammt oder von einem Hai gejagt zu werden, denn diese gefährlichen Räuber hatten die Luftwasserstrassen noch nicht entdeckt.

Mein Schiff, die Lusitannia, verlor die Orientierung, fuhr Schwarzbart fort, es war pechdunkel, die Luft mit Regen gefüllt wie ein volles Wasserglas. Ohne dass ich es merkte, fuhr mein Boot in der Luft weiter, denn auch sie war voller Wasser.

Als sich das Unwetter ein wenig legte und Licht durch die Wolken kam, erkannte ich, dass wir 500 m über der Erde, mitten durch die Luft steuerten. Ein gewaltiger Schreck erfasste mich. Wenn es jetzt aufhörte zu regnen, würde auch das Wasser in der Luft verschwinden und wir beide, mein Boot und ich, unwiederbringlich abstürzen.

Auf einmal hörte ich ein Brausen, wie das Schnarchen eines Bären im Winterschlaf, nur millionenfach stärker. Die aufgedrehten Anlagen eines Popkonzerts für 100.000 Leute sind dagegen wie das feine Summen einer lieblichen Biene. Ehe ich mich versah umbrauste mich ein gewaltiger, eisiger Sturm. Er war derart kalt, dass alles sofort gefror, auch der viele Regen, der sich in der Luft angesammelt hatte und nicht weiter auf die Erde abfließen konnte, weil die Erde schon vollgelaufen war. Im nächsten Moment befand ich mich in einem riesigen Eisblock wieder. Mein Boot, die Segel, ich selbst, alles war in einem gewaltigen Eisblock gefangen, der an einer schwarzen Wolke hing.

Wie lange würde ich weiterleben können? Bis zur Ewigkeit? Mir fiel ein, von Menschen hatte ich gehört, die sich einfrieren lassen, um 1000 Jahre zu schlafen und in einer anderen Zeit weiterzuleben.

Noch beim Nachdenken fiel mir eine Veränderung an mir auf. Meine Haut wurde glatter, die Haare voller, meine Gelenke taten nicht mehr weh, meine Zähne wuchsen neu. Kein Zweifel, alles drehte sich im Eis um und ich wurde mit jeder Minutensekunde um ein Jahr jünger. Die Freude darüber dauerte nicht lange. Was sollte aus mir werden, wenn ich nur noch drei, dann zwei und schließlich Null Jahre alt war? Ich musste diesen Rückwärtsprozess aufhalten. Am besten dann, wenn ich bei 15 Jahren angekommen war, dieses Alter fand ich besonders gut.

Mühsam versuchte ich, an meine Pfeife heranzukommen, vergeblich, meine Hände gelangten nicht weit genug durch den Eisblock. Zum Glück hatte ich eine Banane in der Tasche. Ich steckte sie in den Mund und zündete sie an, wie man eine Pfeife anzündet und tatsächlich, der warme Dampf der rauchenden Bananenschale ließ den Eisblock langsam schmelzen.

Sie sollten sich schämen, unterbrach Mikado, Bananen sind viel zu schade zum Rauchen. Sie hätten lieber null Jahre alt werden sollen.

Langsam, langsam, entgegnete Schwarzbart, nicht auszudenken dieser Verlust für die Menschheit, wenn das eingetreten wäre. Zum Glück bin ich bei 15 Jahre aufgetaut.

Mikado betrachtete den alten Kapitän misstrauisch.

Wie 15 sehen Sie wirklich aus, sagte er. Ich kenne mich damit aus, ich habe mal eine Banane gefunden, die 15 Jahre alt war. Ich weiß, wie etwas aussieht, dass 15 Jahre alt ist. Sie erinnern mich verdammt viel an diese 15 Jahre alte Banane.

Bevor Schwarzbart reagieren konnte, war Mikado längst verschwunden, sicher ist sicher, wer lässt sich schon gern mit einer 15 Jahre alten Banane vergleichen.

Sie sind zu früh abgehauen, rief Schwarzbart dem nicht mehr sichtbaren Affen hinterher, gerne hätte ich Ihnen noch erzählt, wie eine rauchende Banane schmeckt. Es brennt nur die Bananenschale, das Innere der Banane verflüssigt sich zu einem milden, äußerst süßen gelben Brei, wie der Geschmack allerbester Eissorten auf einmal, der einem wie Balsam über den Gaumen läuft. Und gleichzeitig atmen Sie mit der Nase den herrlichen Duft der vor sich hinqualmenden Bananenschale ein. Ich muss Ihnen sagen, das Paradies ist dagegen nichts, jedenfalls so, wie ich gehört habe, dass das Paradies gewesen sein soll. Schade, gerne hätte ich Ihnen erzählt, wie eine rauchende Banane schmeckt; auch wie ein rauchender Apfel schmeckt, eine rauchende Birne oder eine rauchende Melone; aber eine rauchende Melone kann ich nicht empfehlen, sie ist nichts anderes als eine Wasserpfeife und von dampfendem Wasser habe ich genug, wenn ich in der Südsee unterwegs bin und die heiße Sonne langsam das

Meer aufkocht. Ich könnte Ihnen auch erzählen, wie anderes Brennendes schmeckt, Blätter, Stiele, alles Mögliche stecken sich die Menschen in den Mund und zünden es an. Aber keiner ist bisher auf die Idee gekommen, sich eine Banane anzuzünden. Dabei hat sie bereits die perfekte Form, denn durch den Bogen wird der Rauch nach oben abgeleitet. Deshalb haben auch Ihre Augen etwas von diesem Genuss, sie sehen den herrlich glitzernden Dampf einer rauchenden Banane. Alle Sinne werden erfasst, der Gaumen, die Zunge, die Augen beim Betrachten des Dampfes. Und wenn Sie jetzt noch mit ihrem Finger über den Ascherest der verbrannten Bananenschale fahren würden, hätten Sie das Erlebnis des schönsten Tastempfindens, dass es auf der Welt gibt; es fühlt sich an wie die allerfeinste Seide, gewoben von den herrschaftlichsten Seidenraupen des allergrößten Kaisers von China, die es jemals gab.

Das alles hätte ich Ihnen noch erzählen können, aber leider, leider sind Sie zu früh abgehauen, vielleicht können wir das später nachholen, vielleicht, aber nur vielleicht. Übrigens, eigentlich brauche ich Ihnen gar kein Abenteuer mehr zu erzählen, denn wenn Sie genau hinhören beim Rauchen einer Banane, können Sie beim Knistern des Feuers die wunderschönsten

Geschichten mit ihren Ohren wahrnehmen. Ich sagte Ihnen ja, beim Rauchen einer Banane, es werden alle Sinne auf die wundersamste, aber auch schönste Art angesprochen. Wirklich schade für Ihre Ohren, Ihren Gaumen, Ihre Nase, Ihre Finger, dass Sie zu früh abgehauen sind.
Und für Ihren Schlaf!
Ein Bananenrauchfüllbananentraumschlaf,
glauben Sie mir, es gibt nichts Besseres, der einzige Schlaf, den Sie schmecken können, der einzige Schlaf, nachdem Sie derart ausgeruht sind, dass Sie stärker als Herkules aufwachen, der einzige Schlaf... Aber lassen wir das, Sie sind ja abgehauen, abgehauen von all diesen schönen Dingen...

Inhaltsverzeichnis

Die Perlenliebe 1
Geheimnisvolle Abenteuer –
    Abenteuerliches Geheimnis 2
Dreifach vergoldeter (Müll-)Eimer 3
Reise zu den Sternen 4
Verschlossene Ohren 5
Die Kokosralley 6
Die verbüchste Büchse 7
Das Loch – Gefüllt mit Nichts 8
Die geperlte Hand 9
Gefangen in der endlosen
    Spiegelwelt 10
Blumiges Abenteuer oder:
    Viel Geld für nix 11
Springende Erdperlen 12
Der buchstäblich größte Ballgegner 13
Auf millimetergerader Wellenfahrt 14
Der Sternfisch 15
Der eingefangene Wind 16
Der trockene Wassermarathon 17
Rauchende Träume 18

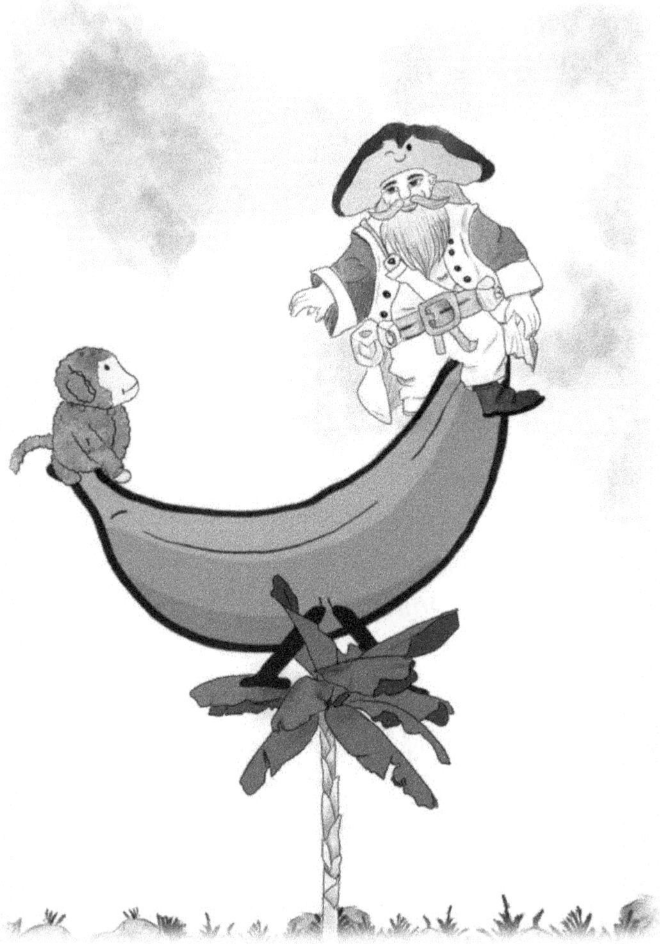

Biografie

Ich wurde in Berlin geboren. Nach dem Abitur in Berlin habe ich Medizin in Berlin und München studiert und war nach meinem Studium ca. 40 Jahre in der Medizin tätig. Seit Ende 2023 bin ich berentet. Während meiner Berufstätigkeit habe ich nebenher eine Reihe von Manuskripten verfasst, ein Jugendbuch, Kinderbücher, Romane und Gedichte.
Einige sind seitdem über einen Self-publishing-Verlag veröffentlicht worden.

<><><><><><>

Neben einer Reihe anderer Veröffentlichungen hat der Autor auch folgende Gedicht- und Prosabände veröffentlicht:

Die Christyllische Weihnacht – Weihnachten wie immer (und) anders

27 Kurzgeschichten mit je einem Bild, zu jedem Tag vom 1.-26. sowie 31. Dezember; sehr abwechslungsreiche Geschichten von Weihnachten im Kaufhaus, bei den Schildbürgern, in einem neuen Märchen, als Science-Fiction und Weihnachtsgeschichten zur Zeit der Geburt Jesu. So abwechslungsreich, dass für jeden und jedes Alter etwas dabei ist (auch in Englisch erhältlich.

Aventsschilda
Die EULENde SPIEGEL-Weihnacht

Weihnachtsgeschichten mit und ohne Eulenspiegel in Schilda, bereichert durch weihnachtliche Gedichte. Zu lesen wie ein Adventskalender.

Schwarzbart's kandidelte Adventsgeschichten

Der alte Seekapitän erzählt fantastische Adventsgeschichten voller Fantasie, bereichert durch weihnachtliche Gedichte. Zu lesen wie ein Adventskalender.

Ein denkwürdiger Adventskalender

Das schönste am Fest war der Adventskalender. Jedes Jahr freute er sich auf diese verkleidete, geheimnisvolle süße Gabe. Draußen die bunten Bilder, die versteckten Türchen, Zahlen, die zwischen Engeln, Krippen und Weihnachtsmännern umherschwirrten. So war es jedes Jahr, aber dann stimmt irgendetwas nicht. Dies erzählt die Geschichte um einen ganz besonderen Adventskalender voller Überraschung.

Die Insel der Figuren

Ein kleines Mädchen in Japan bekommt zum Geburtstag von ihrem Vater eine Puppe geschenkt. Als das Mädchen älter ist, wird die Puppe in einem kleinen Boot auf die Wellen des Meeres gesetzt. Offensichtlich eine Tradition ins Erwachsenenalter.

Einige Zeit später reist ein anderes Mädchen ihrer verschwundenen Puppe hinterher, eine spannende abenteuerliche Reise mit einem ungewöhnlichen überraschenden Ende beginnt. (Fantasieroman)

Der kleine Mugu auf dem Noddelthron

Ein Jungen lebt in dem Land eines Königs. Eines Tages kommt ein Prahlhans in dieses Land. Er besitzt die Fähigkeit, die Gedanken anderer Menschen mit seinen wilden Haaren einzufangen. Der König wollte diese Fähigkeit erlernen und folgte dem Prahlhans. Ausgerechnet der kleine Junge Mugu gewann die Nachfolge des Königs und regierte das Land, in dem er viele Dinge auf den Kopf stellte. (Märchenroman)

Manu's Reise mit dem Tod – eine Fuge durch die Zeit

Roman, 256 Seiten, verschiedene Lebenslinien aus dem Leben einer Frau, fugenartig verwoben, Ereignisse des Todes in ihrem Leben und ein weiterer Handlungsstrang über verschiedene Rituale zur Zeit des Todes in verschiedenen Kulturen (auch in Englisch erhältlich „Manu´s Journey with Death").

GeGlichenes

Die folgende Sammlung in 4 Bänden enthält etwas über 60 Kurzgeschichten, jede Kurzgeschichte baut auf einer aus dem Neuen Testament stammenden Bibelstelle gleichnishaft auf und ist auf unsere Zeit übertragen. Zwischen den Geschichten findet sich jeweils ein Aphorismus oder ein Gedicht.

Das Moooondschaaaaf (monatlich durch das Jahr)

Für jeden Tag eines Monats ein Gedicht aus Sicht eines auf dem Mond lebenden Schafs, das humorvoll, kritisch, skeptisch und wiedererkennend unsere Erde beäugt; zwischen jedem Gedicht ein Aphorismus; mit passenden lustigen Bildern aus Kinderhand; auch als Geburtstagsgeschenk für den passenden Geburtstagsmonat geeignet.

Tortellintauben - TierGdichte für Rwachsene
61 Tiergedichte als Spiegelbild menschlichen Verhaltens, wunderschön von Kinderhand illustriert.

Ostern- Gedichte zur Osterzeit
43 Gedichte mit christlichen Inhalten von Gründonnerstag bis zur Auferstehung Jesu, durchsetzt mit gedankenvollen Aphorismen.

Hinter dunklen Himmelswolken
Gedichte in Zeiten der Trauer
74 Gedichte über Tod, Sterben, Hoffnung, Zuversicht, das Danach.

Der erdenkliche Mensch
Das Du im Ich
55 Gedichte, dazwischen Aphorismen, die sich nachdenklich und kritisch mit liebgewonnenen menschlichen Verhalten auseinandersetzen.

Ein KESSEL Bunte GeDichte
Ein Kessel bunter Gedichte, unterbrochen von kurzen Aphorismen – eben wie in einem großen bunten Kessel, wenn es heißt: tüchtig rühren, Kelle rein, sich überraschen (pardon inspirieren) lassen, was auf den Teller kommt.

Milton Keynes UK
Ingram Content Group UK Ltd.
UKHW030951261124
451585UK00001B/44